나는 어쩌다 그만두지 않았을까

정옥희 글 · 강한 그림

엘도라도

고등학교 때 경미라는 친구가 있었다. 경미는 미술을, 나는 발레를 전공했다. 인문계 여고에서 예체능을 전공하는 친구가 드물다 보니 분야는 달라도 공유할 것이 많았다. 특별한 이야기는 아니었다. "어제도 연필을 스무 자루 깎아 놨는데 다 써 버렸데이. 맨날 연필 깎는 것도 일이다, 일. 누구한테 시킬 수도 없고."(네, 고향이 부산입니다.) "내는 어젠 작품 연습하다가 물집이 터졌다 아이가. 엄청 따갑데이. 아물 때까진 조심해야 하는데 연습은 우짜노. 골 아프다.", "느그는 뭐 먹노? 화실에서는 쉬는 시간에 다 같이 과자 먹고 그란다.", "쥑이네. 우린 쌤 몰래 숨어서 먹는다 아이가. 걸리면 죽는다." 뭐 이런 대화였다. 하루하루 특별히 달라지는 것 없이 반복되던 날들, 입시를 향해 숨통을 조여 가면서도 소소한 즐거움과 작은 변화를 찾던 순간들. 학교 수업이 끝나고 어스름해질 무렵이면 연습실에 가서 같은 순서로 몸을 풀고 같은 동작들을 엇비슷한 순서로 수없이 반복했다. 매일매일을 가지런히 포개 놓으면 어긋나지 않을 정도다.

하지만 그 긴 시간 동안 머릿속에선 수많은 생각과 걷잡을 수 없는 감정이 뒤섞였다. '왜 다리가 이것밖에 올라가지 않을까.', '나는 왜 친구처럼 저렇게 높이 뛰지 못할까.', '도망치고 싶다.', '더, 더 잘하고 싶다.' 연습이 끝나고 집에 오는 길에도, 밥을 먹으면서도, 친구들과 수다 떨면서도, 머리 한쪽 구석에선 늘 고민 회로가 돌아가고 있었다. 무언가를 전공한다는 건 인생의 큰 토막을 저당 잡혀 사는 것이다. 목표가 들어앉은 삶에서 일상은 잿빛으로 변해 버린다. 어린 나이일지라도.

맬컴 글래드웰은 〈아웃라이어〉에서 성공의 비결로 '1만 시간의 법칙'을 꼽았다. 한 분야에 충분한 시간을 투자해야 성공할 수 있다는 뜻이다(시간을 들인다고 꼭 성공하는 것도 아니다). 1만 시간이라……. 하루 세 시간씩 일주일에 20시간이면 대략 10년이 걸리는 시간이다. 10년을 매일같이 꾸준히 노력하면 확실히 변하긴 변한다. 미운 오리가 백조가 되고, 초심자가 베테랑으로 변신한다.

하지만 그 1만 시간을 견딘다는 건 어떤 것일까. 사람들은 1만 시간의 결과엔 환호해도 1만 시간 자체엔 관심이 없다. 영화에서도 1만 시간은 빨리 감기로 처리해 버린다. 끝없이 반복하고 실패하고 헤매는 시간을 겪어 낼 이는 오직 자기 자신뿐이다.

나는 발레를 전공했다. '발레리나'다. 여덟 살 때부터 발레 학원을 다니기 시작해 발레 전공으로 대학 무용과에 입학했고, 졸업 후엔 프로페셔널 발레단에서 활동했으니 틀린 말은 아니다. 하지만 난 스스로를 '발레리나'라 칭하지 않는다. 나뿐 아니라 발레를 전공한 다른 사람들도 여간해선 자신을 '발레리나', '발레리노'라 하지 않는다. 그건 뭔가, 너무 간지럽다. '발레리나 정옥희.' 뭐가 그리 간지러운 걸까? '뮤지션'이니 '물리학자'니 '타투이스트'에는 없는 간지러움이 '발레리나'엔 있다.

'발레리나'라는 단어는 '발레 전공자'와는 그 뉘앙스가 사뭇 다르다. '발레리나'는 외부자가 보는 시선, '발레 전공자, 발레 무용수'는 내부자가 보는 시선이라 할 수 있다. 어떤 분야나 안팎의 풍경이 다르겠지만 발레만큼 그 간극이 클까 싶다.

'발레리나'는 오븐에서 갓 꺼낸 수플레처럼 한껏 부풀어 오른 단어다. 여성스러움과 아름다움의 이상적인 교집합이라 할까. 발레리나는 선망의 대상이요, 친숙한 기호다. 〈비보이를 사랑한 발레리나〉, 〈발레리나 걸〉, 〈외다리 병정과 발레리나〉……. 어디를 둘러봐도 발레리나는 핑크빛 발레 슈즈와 사뿐거리는 튀튀, 빛나는 왕관과 보석 장식을 두른 가냘픈 여성이다. 가녀리고 우아한 발레리나는 어딜 가나 환영받고 칭송받는다.

하지만 수플레는 이내 푹 꺼져 버린다. 내가 지나쳐 온 발레의 풍경 역시 문구점 편지지를 장식하는 발레리나 일러스트와는 사뭇 달랐다. 땀에 절어 소금이 더께 앉은 레오타드, 발가락을 종이 테이프로 칭칭 감고 물집을 터트리고 달래듯 주무르던 손길, 파스 냄새와 땀 냄새가 후텁지근하게 배어 있는 탈의실, 자기 한계와 단점을 절감하면서도 한 번 더 노력해 보던 마음, 연습실과 무대 뒤의 하염없는 대기 시간을 견디게 해 준 농담과 장난. 거기엔 겸허한 노력과 좌절, 연대와 질시, 따뜻한 격려와 냉혹한 줄 세우기가 공존했다. 또한 기득권과 신흥 세력이 충돌하고 낡아 버린 세계관이 균열을 일으켰다. 여느 분야처럼 말이다.

그래서 난 발레리나에 대한 눈먼 찬사가 불편하다. '오, 역시 발레리나라서 아름답네요, 날씬하네요, 우아하네요, 여성스럽네요.'란 말에는 선입견과 차별이 깔려 있기 마련이다. 호의라 할지라도 말이다. 이 책에서 나는 '발레리나'로 호명당하기보다는 '발레 전공자'로서 하나의 직업군이자 사회 현상으로서의 발레에 대해 내가 관찰해 온 풍경을 나누고 싶었다.

나아가 무언가를 전공한다는 것의 보편적 경험을 이야기하고 싶었다. 생활의 활력을 위해 때때로 즐길 때는 알 수 없는, 그 속에서 오래도록 허우적댈 때 펼쳐지는 애증의 파노라마를 말하고 싶었다. 발레 무용수를 그만두고 수년이 흐른 후 나는 여러 운동을 전전해 왔다. 기억나는 시절부터 몸을 쓰는 거라곤 발레에만 전념해 왔으니 다른 어떤 분야를 해도 서툴렀고 재미가 없었다. 지금은 요가를 하지만 철저히 아마추어로서 임한다. 아마추어인 나는 마음이 가볍다. 수련을 며칠 빠져도, 유연성에 비해 근력이 떨어져도, 같은 동작이 되다가 안 되어도, 별 상관이 없다. 귀찮음을 무릅쓰고 운동을 해냈다는 뿌듯함만 가지고 개운하게 샤워를 마치고 집에 가선 잊어버릴 수 있다. 전공은 그렇지 않다. 전공자에겐 홀가분함이란 없다. 스스로 채운 족쇄를 매 순간 겪어 내야 한다.

나 자신을 알기도 전부터 나를 만들어 온 발레. 나를 매료시킨, 나를 좌절시킨, 때론 낡고 우스꽝스러워 보이는, 그러나 모른 척 뒤돌아설 수 없던 발레. 그 어지럽고도 애틋한 풍경에 대해 말하련다.

Prologue

나는 발레를 전공했다

Chapter 01

1만 시간을 견딘다는 것

Chapter 02

먼저 춤추라

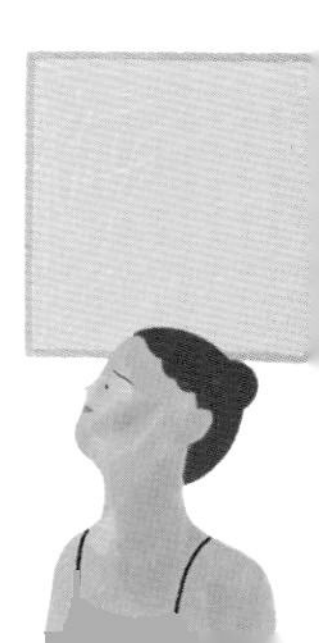

01

1만 시간을 견딘다는 것

유명 연예인이 친구의 오디션에 따라갔다가 얼결에 합격하여 데뷔했다는 얘기처럼, 나도 친구 따라 발레를 시작했다. 초등학교 1학년 때 위층에 살던 동갑내기 친구를 따라 동네 무용 학원에 등록했는데, 막상 친구는 곧 그만두고 나는 계속한 것이다. 결과만 보면 왠지 운명적인 것처럼 보이지만 사실은 평범한 이야기다. 80년대 중반의 중산층 아파트 단지에선 발레가 여자아이의 교양 교육으로 자리 잡기 시작했으니까.

나는 월요일부터 금요일까지 무용 학원에 갔다. 그땐 그게 당연했다. 발레는 매일 해야 하는 것이고, 그래서 매일

수업이 있었고 별로 비싸지도 않았다. 초등학생은 1학년이건 6학년이건 다 같이 수업했고, 요일별 구분도 없었다. 스트레칭도 하고 근력 운동도 하고 부채춤도 좀 배우고 정체불명의 동남아풍 춤도 배웠다. 지금엔 있을 수 없는 시스템이다. 하지만 예나 지금이나 변함없는 게 있다면 발레 학원에 다니던 수많은 여자아이들이 초등학교 고학년이 되면 그만둔다는 점이다. 운동으로, 취미로 시작했던 아이들의 대부분은 3~5학년쯤 떨어져 나가고 전공할 애들만 남게 된다. 나는 어쩌다 그만두지 않았을까.

내가 초등학교 때 다닌 무용 학원은 부산 광안리 해수욕장과 맞닿아 있는 상가 4층에 있었다. 아파트 상가이면서도 큰 유리창으론 해수욕장의 능선이 한눈에 보이는 끝내주는 위치였다. 여름이면 피서객 인파를 구경하며 수업을 하다가 레오타드 차림으로 내려가 바다 수영을 하기도 했다. 늘 햇살이 충분히 들어오고 하늘이 가득 보이던 그 연습실이 좋았다. 언니 동생들과 엉덩이를 발로 밟아 주며 스트레칭을 연습하고 학원 구석에 있는 북이나 장구, 꽃바구니 같은 소품들로 노는 것도 재미있었다. 학원 끝나고 핫도그를 사 먹으며 바닷가를 잠시 구경하거나 함께 얘기 나누며 집에 걸어가던 것도 좋았다. 하지만 발레를 하면서 무엇보다 좋았던 건 말을 하지 않아도 된다는 것이었다. 말하지 않아도, 남 앞에 나서지 않아도 무언가를 표현할 수 있다는 것에 안도했다.

난 소심하고 내성적인 아이였다. 재잘재잘 재미있는 얘기를 잘하는 것도 아니었고, 주목받는 것도 싫었다. 저녁 식사 시간에 언니가 끊임없이 수다 떨면, 아빠는 "이제 옥희 좀 얘기해 보자."라고 하셨고, 나는 늘 "별일 없었는데."라고 답하는 아이였다. 학교에선 딱히 잘하는 게 없고 주변에서 관찰하는 아이였다. 그렇다고 내 안에 아무것도 없던 건 아니었으리라.

매일 드나들던 발레 학원은 좀 달랐다. 거기선 매일 비슷한 음악을 들으며 비슷한 동작을 하더라도 말로 표현하기 힘든 감정과 느낌이 아른거렸다. 친구들과 함께 춤추는 것이지만 동시에 내 속에선 나 혼자만 춤추는 것이기도 했다. 거기선 아무도 눈치채지 않게 내가 느끼는 대로 좀 더 표현해 보아도 좋을 것 같았다. 그게 구체적으로 뭔지는 몰랐지만 즐겁고 흥미로운 실험이었다.

처음으로 무용 콩쿠르에 나간 건 4학년 때다. 그 전에도 무용 학원 발표회로 무대에 선 적은 있었지만 워낙 여러 명이 우르르 무대에 섰던 거라 별다른 감흥은 없었다. 그런데 콩쿠르는 달랐다. 유난히 휑하고 컸던 무대였다. 사회자가 내 이름과 작품을 호명한 후, 무대 가운데로 걸어 나갔다. 음악이 시작되자 몸에 밴 대로 팔다리가 저절로 움직였다. 작품 중간쯤 객석을 등지고 섰을 때였다. 조명 때문에 내 그림자가 막에 길게 드리워진 게 아닌가. 처음 본 내 그림자는 아름다웠다. 내가 만들어 낸 움직임과 선이 맘에 들었다. 등에 내리쬐던 조명은 따뜻했고 나는 편안하고 충만해졌다. 그 강렬한 경험을 난 아직도 잊을 수 없다.

콩쿠르가 끝나고도 난 내성적인 아이였다. 그렇지만 내면에선 무언가가 바뀌었다. 돌이켜 보면 그때 발레를 진지하게 하고 싶다고 생각했던 것 같다. 내가 무언가를 해낼 수 있다는 자신감이 붙기 시작했다. 무대에 서면 즐거웠고 손끝 발끝이 찌릿하도록 살아 있는 느낌이 들었다. 말은 한마디도 하지 않았지만 많은 걸 표현할 수 있었다. 발레는 내게 언어를 주었고, 그 언어는 어린 나를 다독여 주었다.

춤에 말이 없다는 게 늘 좋은 건 아니다. 사람들은 발레에 말이 없어 답답하다고 불평한다. 스토리가 있는 발레 작품들을 보면 말 한마디면 될 일 때문에 서로 오해하고 배신하는 게 유치하다고도 한다. 무용수들 중엔 달변가가 드물고 그래서 멍청하다고 오해받기도 한다. 하지만 무용수들이 구사하는 움직임은 섬세하고 매혹적인 언어다. 현실의 말과는 다른 문법과 뉘앙스와 표현이 가능하다. 그러한 언어가 가능하다는 걸 한번 경험하면, 이전으로 돌아가기 힘들다. 새로운 언어를 감지한 이들이 무용수가 된다. 무용수는 그 언어에 매료된 사람들이다.

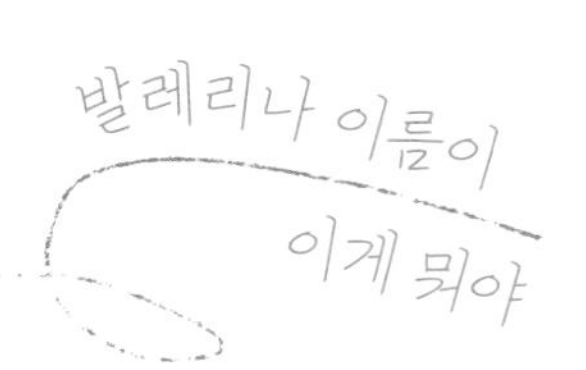

발레리나 이름이 이게 뭐야

사랑에 빠진 이가 하필 원수 가문의 아들이란 걸 부정하며 줄리엣은 이렇게 말한다.

"이름이란 게 도대체 무엇인가요.
장미는 다른 어떤 이름으로 불러도 향기는 마찬가지지요."

본질이 중요하지 이름은 아무래도 상관없다는 걸까? 절대 아니다. 멀쩡한 이름을 부정하고 싶어질 만큼 이름은 힘이 세다. 발레계 사람들은 오래전부터 알고 있었던 듯하다. 우리 할아버지는 아랑곳하지 않으셨지만.

Rose

내 이름은 정옥희다. 요즘은 물론이고 내가 어렸을 때에도 이미 한물간, 친구 엄마들의 이름이었다. 엄마는 내 이름을 '세희'라고 짓고 싶었단다. 그러나 할아버지가 맘대로 '옥희'라 지으셨고 그때만 해도 토 달 줄 몰랐던 엄마는 그냥 받아들이셨다(내 사촌 동생은 '옥광'이니 그 애의 유년기는 나보다 기구했겠지). 소아과에서 간호사가 내 이름을 부르면 다들 엄마 한 번, 아이 한 번 쳐다보던 눈길이 얼핏 기억난다. "발레 하는 애 이름이 옥희가 뭐니." 엄마는 내내 아쉬워하셨다.

어렸을 땐 내 이름이 부끄러웠다. 가만히 놔둬도 스스로 괴로운데, 교과서에 나오던 〈사랑방 손님과 어머니〉 때문에 놀림받기 일쑤. "아저씨, 계란 하나 드실라우?" 아이들은 내 앞에서 간드러진 목소리로 옛날 드라마 속 옥희 대사를 읊었다. 어른들은 지나가며 한마디씩 했다. "아이고, 누구누구네 아줌마 이름이랑 같네." 지영이, 유리, 민정이, 혜원이, 수정이가 되고 싶었다. '발레리나 정옥희'라니, 이름부터 영 어울리지 않잖아.

발레리나에게 어울리는 이름이란 뭘까. 난 고민했다. 우아하고 세련되고 외국물 먹은 듯한 느낌이랄까. 아예 외국에서 태어난 듯한 이국적인 이름도 좋겠다. 국적을 알 수 없는, 발음이 쉬운 글로벌한 이름도 좋고. 발레리나 강수진은 그 옛날에 이름부터 세계적인 발레리나로 타고난 것 아닌가. 난 시작부터 글렀다고 생각했다.

무용 사전을 뒤적이다 놀라운 사실을 발견했다. 옛날 발레 무용수 중엔 이름을 바꾼 사람이 여럿 된다는 것. 역사상 가장 유명한 발레리나 중 하나인 마고 폰테인(Margot Fonteyn)은 원래 이름이 페기 후컴(Peggy Hookham)이었으나 열여섯 살에 이름을 마고 폰테인으로 바꾸고 주역 무용수로 각광받았다. 영어 이름이 얼마나 세련된 건지 촌스러운 건지에 대한 감각이 없으니 정확히 알 순 없지만, 아마도 페기 후컴은 촌스럽고 토속적인 영국식 이름이라 떠오르는 샛별 발레리나에게 안 어울린다고 여긴 듯하다.

폰테인뿐만 아니다. 20세기 초 영국과 미국의 발레리나들은 러시아풍의 이름으로 바꾸는 게 발레리나가 되기 위한 통과 의례였다. 20세기 초엔 러시아가 발레의 종주국이었고, 니진스키와 파블로바가 세계를 휩쓸던 시대였다. 그러니 발레 무용수라면 '~스키', '~코바', '~예프'로 끝나는, 고풍스럽고 긴 성을 가져야 니진스키 친구쯤으로 대충 넘어갈 수 있었다. 영국 무용수 릴리언 알리시아 마크(Lilian Alicia Marks)는 알리시아 마르코바(Alicia Markova)로, 힐다 머닝스(Hilda Munnings)는 리디아 소콜로바(Lydia Sokolova)로 바꾸었다. 여자 무용수뿐만이 아니다. 영국 발레리노 안톤 돌린(Anton Dolin)은 원래 시드니 프랜시스 패트릭 치펀덜 힐리-케이(Sydney Francis Patrick Chippendall Healey-Kay)였다. 발레리노로 데뷔하면서 안톤 체호프의 이름을 따서 안톤으로, 성은 러시아풍의 패트리카야프(Patrikayev)로 바꾸었다가 그마저도 맘에 안 들어서 다시 돌린으로 바꾸었다. 길고 장황하고 (아마도) 촌스러운 이름이 간결하고도 이국적인 예명으로 탈바꿈했다. 이거 완전 아이돌 이름 짓기다.

재능 있는 무용수이기에 특별히 이름을 바꾼 건지, 이름을 바꾸어서 대중적으로 성공한 것인지는 모르겠다. 어쨌든 러시아풍 예명을 지은 이들이 무용사에 거물로 남았다는 건 이름의 중요성, 나아가 이미지 메이킹의 중요성을 절감케 한다. 그러고 보면 100년 전 사람들도 예명을 고안하는 노력을 기울였는데, 누가 봐도 촌스러운 정옥희로 남아 있던 건 안일한 행보였던 것이다. 하지만 어쩌겠는가. 난 이름을 바꾸기보단 자아가 조금씩 단단해지는 쪽을 선택했다. 이름 때문에 상처받진 않았다. 오히려 특이한 이름 때문에 여럿 중에서도 튀고 사람들에게 쉽게 기억될 수 있다는 걸 알게 되었다. 동명이인이 없는 존재감! 게다가 내가 스스로 정한 영어 애칭인 oki는 누구나 발음하기 쉽다. 어쩌면 글로벌하게 활동하라는 할아버지의 큰 뜻이었는지도 모른다.

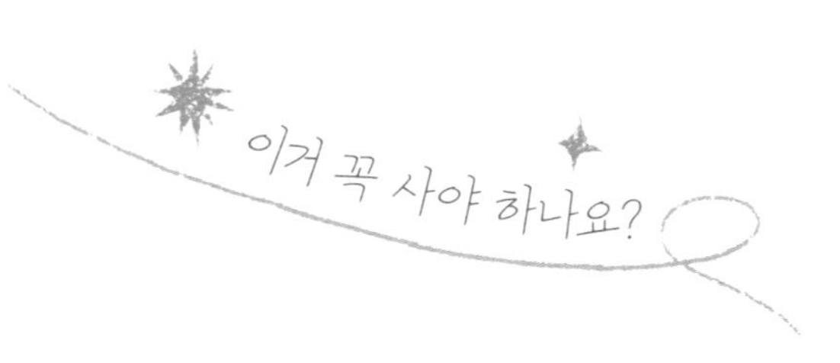

이거 꼭 사야 하나요?

대학 입시 실기 시험을 이틀에 걸쳐 치르고 나오니 어둑어둑한 오후였다. 부산에서 올라온 엄마와 기숙사에서 나온 언니가 마중 나왔다. 언니는 보아 둔 일식당에 가자며 이끌었지만 나는 대학교 교문 앞에 있던 KFC에서 치킨을 먹고 싶다고 했다. 세 조각인가 네 조각을 먹었는데, 기대와는 달리 눅진거리고 느끼했지만 꾸역꾸역 먹었다. 홀가분한 마음으로 치킨을 맘껏 먹는 게 소원이라기보단 엄마에게 부담 주기 싫어서였다.

며칠 후, 한 달간 입시 레슨을 해 줬던 고등학교 선배 언니와 그 친구들을 호프집에서 만났다. 대학마다 춤 스타일이 있기 때문에 그 학교 출신에게 배우는 게 필요하거니와, '집 떠나 목표를 위해 정진하는 삶'을 맛보고 싶어 무리하여 서울 이모 집에 머무르며 레슨을 받았던 것이다. 아무리 옛날이긴 했어도 대학 입시 레슨인데 클래스당 딱 2만 원씩 주기로 한 데다, 남의 무용 학원이 비는 새벽과 늦은 밤에 연습하느라 언니들도 퍽 고생했다. 함께 레슨 횟수를 맞춰 보고, 정확하게 계산해서 수업료를 지불하고, 언니들이 시킨 맥주 한 잔씩의 값을 치르고 먼저 나오니 엄마가 주신 돈에서 2만 원 정도 남았다. 모자라지 않아 다행이었다.

부산으로 내려온 후 합격 소식을 ARS로 확인했다. 곧 학과에서 신입생 OT에 오라는 전화를 받았지만 "그거 꼭 가야하는 거 아니지요?"라며 참석하지 않았다. 이미 입시 레슨비 내느라 무리한 상태였다. 나중에 입학해 보니 교수님들도 모두 오시는 신입생 OT에 신입생이 참석하지 않다니, 대단한 백을 가진 애가 온다는 소문이 났다고 전해 들었다. 그럴 리가.

가벼운 지갑으로 예술을 전공하는 길은 필요 이상의 긴장과 경직 속에 산다는 뜻이다. 엄마는 내게 "너는 돈도

백도 없으니 오로지 실력으로 해내야 한다."는 걸 자주 상기시켰고, 나는 제한된 돈과 기회로 어떻게든 해 보려고 발버둥쳤다. 학원비는 있었으니 전공을 했다. 하지만 학원비만 있다고 되는 건 아니다. 학원에선 단체로 가방이나 티셔츠를 맞춘다거나, 단체로 공연 관람을 가거나, 지역 교수님이 내신 책을 구매해야 하는 일들이 있었다. 그때마다 난 "이거 꼭 사야 하나요?"라고 물어 원장 선생님의 미움을 받았다. 결국 당시에 유행하던 캔버스백을 혼자만 가지지 못했을 때 드는 소외감도 어린 내가 삼켜야 할 몫이었다. 갖가지 예상치 못한 비용이 발생했고, 여유로운 친구들 사이에서 상대적 박탈감을 느끼며 정신을 똑바로 차려야 했다.

학원비마저 없던 때도 있었다. 초등학교 5학년 때인가, 엄마가 경제적으로 빠듯하니 몇 달만 발레를 쉬자고 했다. 난 기꺼이 알겠다고 했다. 내 궁리는 이러했다. '무용 학원의 유리 벽이 상가 복도와 마주 보는데, 유리벽의 시트지에 틈이 있어 춤추는 걸 엿볼 수 있지. 복도에선 음악도 들리고 틈새로 동작도 볼 수 있으니 거기서 혼자 연습할 수 있어.' 내 맹랑한 계획을 들려주자 엄마는 말이 없으셨고, 몇 달을 더

다니게 했다.

하지만 무용실에선 괜찮았다. 레오타드가 낡았어도, 유명한 선생님께 개인 레슨을 받지 못해도, 음악이 흐르고 움직이기 시작하면 모두가 평등했으니까. 무대 위엔 엄마들의 치맛바람이나 선생님의 편애가 없으니까. 사지 못한 캔버스 백과 강매당한 책을 잊을 수 있으니까. 엄마 말대로 그 순간엔 오직 내가 가진 실력 하나로 자존심을 세울 수 있는 때였다. 고맙게도 발레 수업은 어디서 배워도 진행 순서가 같고 원리가 같다. 플리에–탕듀–데가제–롱드잠……. 익숙한 동작을 하나씩 해 나가다 보면 위축되었던 마음이 스르르 풀렸다. '그래, 여기는 내가 잘 아는 곳이고, 이건 내가 잘할 수 있는 거야. 중요한 건 언제나 변함없지.' 몸을 바르게 정렬하고, 가슴을 펴고, 아랫배를 단단하게 조이고, 손끝 발끝까지 에너지를 밀어내며 한 동작 한 동작 만들어 간다. 내게 발레 수업은 드물게도 공정하고 속 깊은 선생님과 같았다. '난 네가 어디서 왔든, 어떤 환경에서 자랐든 신경 쓰지 않는단다. 그저 춤에 집중해.'

발레를 전공했다고 말하면 사람들의 눈에서 스쳐 가는 생각이 엿보일 때가 있다. '예체능을 전공하다니 돈 많이 들었겠네. 좀 잘사나 보네.' 그러나 자세히 들여다보면 꼭 그렇지만도 않다. 돈이 많이 들지만 돈으로 어찌할 수 없는 공정함이 살아 있는 분야도 예체능이다. 발레를 하면서 나는 일찍부터 철들었고 쓰라린 적도 많았지만, 세상의 작은 이치를 배우기도 했다. 뭐든 주변부는 시끄럽고 번잡스럽지만 중심은 고요하고 정갈하다는 걸.

무용실에선 괜찮았다.

레오타드가 낡았어도,

유명한 선생님께 개인 레슨을 받지 못해도,

음악이 흐르고 움직이기 시작하면 모두가 평등했으니까.

무대 위엔 엄마들의 치맛바람이나 선생님의 편애가 없으니까.

사지 못한 캔버스백과 강매당한 책을 잊을 수 있으니까.

그 순간엔 오직 내가 가진 실력 하나로

자존심을 세울 수 있는 때였다.

그런지룩

첫째 딸이 다섯 살이 되었을 때 동네 문화센터에서 유아 발레 수업에 등록했다. 제대로 된 발레복을 사 준 건 그때지만 훨씬 전부터 우리 집엔 유아동복의 스테디셀러인 튀튀가 뒹굴었다. 여자애들 집에는 이래저래 선물 받거나 물려받은 옷이 있고 공주 드레스나 튀튀쯤은 발에 차인다.

유아용 발레복은 화려하다. 공단 슈즈 발등엔 커다란 꽃이 달려 있고 발레복의 튀튀는 일곱 빛깔 무지개다. 튀튀의 치마 겹 사이에 하트 모양 스펀지를 넣거나 꽃잎을 넣은 것도 봤다. 제 몸도 제대로 못 가누면서 다리가 보이지 않을 정도로 치렁치렁한 발레복을 입은 아이를 보고 발레 선생님은 한숨 쉬고, 부모의 눈에선 하트가 발사된다. 예쁜 발레복 입혀 보고 싶어 발레 학원에 등록하는 경우도 왕왕 있으니 발레복의 로망은 강력하다.

어른이라고 다르랴. 튀튀풍 스커트나 발레 슈즈풍 구두 말고 진짜 발레복을 입고 싶은 로망이 성인들에게도 있다. 그래서 취미 발레 학원에 가면 최신 유행 레오타드를 두루 구경할 수 있다. 부모님께 조르지 않아도 되는 나이대 학생들의 레오타드가 선생님의 복장보다 더욱 고급스럽고 세련된 건 두말할 나위 없다.

희한하게도 난 어렸을 때부터 예쁜 연습복에 대한 동경이 없었다. 두세 개 남짓한 연습복을 줄기차게 돌려 입었다. 경제적으로 넉넉하지 못한 탓도 있겠지만 그보다는 미감, 거창하게는 철학의 문제였다. 당시 무용 학원에는 흑백의 발레리나 사진이 하나 걸려 있었는데, 낡은 레오타드에 구멍 난 스타킹, 올이 한참이나 풀린 다리 워머를 하고 땀 흘리고 있는 무용수의 모습이 그렇게 아름다워 보일 수가 없었다. 땀에 젖어 얼굴에 달라붙은 머리칼과 튀어나온 쇄골을 감쌀 수 없도록 헐렁해진 연습복, 그리고 이런 것 따윈

안중에도 없다는 듯 무엇엔가 집중한 무용수의 자태는 경건했다. 진흙에서 피어난 연꽃이랄까, 늘어날 대로 늘어나 후들거리는 스타킹을 무심하게 발목까지 걷어 올린 아래로 드러난 팽팽한 아킬레스건! 나 역시 '낡은 무용복에도 불구하고' 춤을 잘 추고 싶었다.

발레 타이츠는 핑크색이나 살구색인데 여러 번 빨아 입다 보면 잿빛이 되고 쫀쫀함도 헐거워진다. 포인트 슈즈를 신기 위해 타이츠의 발바닥에 구멍을 뚫고 그 사이로 발가락을 여러 번 끼웠다 뺐다 하다 보면 더욱 헐거워지니 발목까지 걷어 올리거나 아예 잘라 버린다. 나는 낡은 타이츠가 느슨하게 다리를 감싸는 촉감을 좋아했다. 새 타이츠 신는 게 답답하고 어색할 지경이었다. 공연 때엔 깨끗하고 탄력 있는 타이츠를 준비해서 신어야 했는데, 어서 몇 번 신어서 연습용이 되길 기다렸다.

발레 무용수들은 누더기 패션에 능통하다. 전문 용어로 하면 그런지룩이 되겠다. 돈이 없어서라기보다 옷이 그만치 낡도록 연습했다는 징표로 드러내길 즐긴다. 하루 종일 포인트 슈즈를 이리저리 꿰매는 데 익숙하다 보니 연습복도 그대로 놔두질 않는다. 연습복이 배기거나 조이면 가위로 잘라내고 이어 붙인다. 사람마다 몸에 익은 연습복이라는 게 있어서 남들이 보기엔 낡아 빠진 티셔츠나 너덜거리는 팬츠를 주야장천 입어 댄다. 그러나 뭐니 뭐니 해도 일반인이 볼 때 가장 이해 못 할 패션은 타이츠의 엉덩이와 양 발목을 잘라 내 상체 워머로 입는 것일 거다. 몸에 딱 달라붙어서 움직이기도 편하고 꽤 따뜻한데다 신던 타이츠를 재활용하니 일석삼조다. 물론 엉덩이에 얼굴을 집어넣은 듯한 어색함만 극복하면 말이다.

무용수 생활을 그만두고서도 한참 동안 연습복들을 버리지 못했다. 남이 보기엔 한 뭉치 걸레에 불과할지라도 매일같이 나를 감싸 준 감촉이라 그냥 버리길 주저했다. 그러다가 병원 이름이 크게 박힌 신생아 겉싸개에 애착을 가져 끌고 다니며 냄새 맡는 둘째 딸의 모습에서 나를 보았다. 집착이군. 한동안 간직하던 연습복을 드디어 버린 후 얼마 지나지 않아 한남동 거리를 걷다가 비싼 요가복 상점에서 딱 나의 타이츠 재활용 워머와 비슷한 바디 워머를 발견했다. 차이라고는 소매 끝 오버로크 정도랄까. 에잇, 괜히 버렸어. 아직 입을 수 있는데.

발레단에서 함께 일했던 옛 단원들이 오랜만에 모여 깔깔거렸다. "난 아직도 얘가 실수했던 거 생각나. 다들 오른손을 위로 들고 있는데 혼자만 왼손을 들고 있어서 슬로모션으로 몰래 포즈 바꾸던 것 말이야. 아무도 자기를 안 볼 거라고 생각했겠지만 아마 다들 걔만 보고 있었을걸? 너무 웃겼지 뭐야.", "언니, 전 저랑 닮은 쟤가 춤추다가 머리 장식이 떨어졌는데 그 장면이 하필 텔레비전에 클로즈업 되어서, 나중에 학교 교수님이 제가 실수하는 것 봤다고 웃으시지 뭐예요. 저 아니라고 말씀드려도 안 믿어 주셨다니까요.", "난 〈백조의 호수〉 때 무대에서 백조 포즈 잡고 보니까 매

니큐어를 안 지웠길래 엄청 조마조마했던 거 생각나."

무대에 서는 사람들에겐 에피소드가 넘친다. 정해진 시간에 공연이 시작되고 나면 멈출 수 없다. 각 장면의 움직임과 동선, 신호가 꼼꼼히 짜여 있고 수십 번의 리허설을 통해 다듬어졌다 하더라도 예측하지 못한 상황이 늘 펼쳐지기 마련이다. 흥미로운 건 그때 어떻게 헤쳐 나가는가, 그리고 그 여파를 어떻게 소화하는가일 테다. 때론 순간의 실수가 긴 그림자를 남기기 때문이다.

〈백조의 호수〉 2막이 끝났을 때 한 무용수가 얼굴이 흙빛이 되더니 도저히 무대에 설 수 없다고 했다. 난리가 났다. 3막에서 그녀가 맡은 배역은 네 명의 무용수가 사각형, 원, 직선 등으로 끊임없이 대형을 바꾸며 왕자와 번갈아 추는 춤. 정교하게 짜인 태피스트리처럼 한 명 없이 끌고 나가는 건 무리였다.

대학생 객원으로서 3막에 나가지 않는 유일한 무용수였던 내가 떠밀렸다. 한 번도 연습해 본 적이 없는 춤이지만 어쩔 수 없었다. 공연이 이어지는 무대 옆에서 나는 선배들에게 동작과 위치를 머릿속에 쑤셔 넣었다. 우선 대형을 유지하는 게 급선무였다. 입꼬리는 웃고 있었지만 눈은 물고기 눈처럼 시야를 넓혀 다른 무용수들의 위치를 파악했다. 군무 무용수는 머리나 시선을 돌리지 않고도 주변 무용수의 위치를 파악하는 요령을 몸에 익히는데, 이날은 내가 가진 능력의 최대치를 발휘해야 했다. 발동작은 그럭저럭 따라갔지만 손은 여러 번 틀렸다. 부채를 들어야 하는데 내리고, 접어야 하는데 폈다. 틀렸다고 해서 허둥지둥 동작을 바꿀 수는 없는 일이다. 진땀을 흘리며 춤을 마무리했고 3막이 끝나자 선배들이 수고했다고 말해 주었다.

그런데 이상한 일이 생겼다. 스트레스를 받는 날이면 어김없이 그날의 상황이 꿈에 나타나곤 했다. 무대에 나가야 하는데 순서를 다 외우지 못했거나, 메이크업을 마무리하지 못해 허둥지둥한다거나, 머리를 단단하게 고정하지 못해서 춤추는 중에 U 자 핀이 흘러내린다거나, 포인트 슈즈 끈이 풀리면서 밟히거나 하는 것이다. 무대에 나가기에 충분히 준비되지 못했다는 것은 여러 모습으로 나를 압박해 왔다.

콩쿠르는 온갖 에피소드의 공장이다. 1분 남짓한 작품으로 등수, 나아가 진로가 결정되는 행사이다 보니 무대 위아

래엔 긴장된 공기로 가득하다. 내게도 잊지 못할 콩쿠르의 경험이 있다. 본선 경연 날이 마침 학교 졸업 발표회와 겹친 날이라 연습과 분장을 학교에서 준비했다. 콩쿠르 경연장은 사람이 많아 쉬거나 연습할 공간도 마땅치 않은데, 학교 연습실에서 마치고 가면 좋겠다는 심산이었다. 그런데 차가 너무 막히는 게 아닌가? 실시간 내비게이션이 없던 시절이다. 15분이면 갈 줄 알았는데 도무지 택시가 움직이지 않았다. 설상가상으로 콩쿠르 일정은 예정 시간보다 앞당겨지고 있었다.

도로 위에서 다급하게 전화만 주고받던 우리는 급기야 택시 안에서 포인트 슈즈를 신기 시작했다. 좁은 택시 안에서 몸을 구기고 포인트 슈즈를 신으려니 한탄이 나왔다. 발레 무용수들은 포인트 슈즈를 신을 때 나름의 의식과 절차가 있다. 발가락에 꼼꼼히 테이핑을 하고 송진을 바르고 끈을 묶는 과정이 사뭇 경건하다. 그런데 택시 기사가 힐끔거리는 가운데 떨리는 손으로 리본을 묶어야 하다니. 택시에서 내리자마자 높은 계단을 단숨에 올라가 무대 대기실로 뛰어갔다. 도착했을 땐 다행히 본선 시작까지 5분 정도 여유가 있었지만 이미 컨디션은 엉망이었다. 땀박질을 한 탓에 허벅지가 후들거리고 포인트 슈즈는 땀에 젖어 무너졌다. 친구와 나는 둘 다 무대 위에서 결정적인 실수를 했다. 한 발로만 지탱한 채 다리를 높이 들어 탬버린을 열 번 정도 쳐야 하는 하이라이트 동작에서 지탱하던 발이 무너졌다. 연습실에서 수천 번 연습했던 동작을 해내지 못했다니, 그 후로도 오랫동안 마음에 앙금이 남았다.

발레를 그만두고 학교로 돌아간 지 한참이 지났을 때도 스트레스를 받을 때면 어김없이 꿈에선 무대로 돌아갔다. 무대에 나가야 하는데 순서도, 의상도, 포인트 슈즈도, 머리도 엉망진창이다. 그래도 무대 위에선 웃으며 상황을 타개해 보려 안간힘을 썼다. '아무렇지 않은 척 넘겨 보자, 어떻게든 이어 나가 보자, 웃으면서 물고기 눈을 떠 보자.' 잠을 깨고 나면 마음이 조금 단단해진다. 그래, 이번 발표도 무대에 서는 거야. 가만히 서서 말하는 건데 뭐가 어려워. 땀에 젖은 포인트 슈즈로도 해냈잖아.

'공연은 계속되어야 한다.'는 믿음은 어쨌든 주어진 상황을 헤쳐 나가게 한다. 배가 아파도, 분장 때문에 피부 트러블이 심해도, 가족상을 당해도, 야외 무대에 비가 내려도,

공연 중 갈비뼈에 금이 가도, 막이 내릴 때까지는 무대를 지킨다. 이러한 마음가짐은 몸에 깊이 각인되어 웬만해선 흔들림 없는 프로페셔널로 성장하게 해 준다. 물론 그 모든 가능성들을 미리 염두에 두고 꼼꼼히 점검하고 섬세하게 조율하는 것도 프로다. 무대에 오르기 직전에 극장에 도착하게 되는 상황 따윈 애초에 만들지 않는 것 말이다.

숨 쉬듯 춤추기

대학원생일 때 필라테스 강사 자격증을 땄다. 발레단 선배의 부탁을 거절 못 해 등록한 거라 필라테스를 제대로 본 적도, 경험한 적도 없는 상태였다. 강사 연수에 가니 첫날에는 호흡에 대해서만 몇 시간을 배웠다. 충격적이었다. '어차피 누구나 숨 쉬고 있는 것 아냐? 운동하면 당연히 숨 쉴 텐데, 왜 구태여 매 동작마다 숨 마셔라, 숨 내쉬어라 말해 줘야 하는 거지? 동작을 정확하게 가르치는 게 더 중요한 거 아냐?'

필라테스의 모든 동작은 숨을 마시거나 내쉬는 방법이 정해져 있고, 이를 의식적으로 강조하면서 가르치게 했다.

동작과 호흡을 묶어서 배운 적이 없었기에 정해진 대로 숨을 쉰다는 게 어색하고 힘들었다. "숨을 마시면서 팔을 드세요.", "발을 앞으로 찰 때마다 숨을 내쉬세요." 동작에 집중하다 보면 숨쉬기를 자꾸 잊어버리기 때문에 의식적으로 노력해야 하는 정도로 이해했다.

요가는 한 술 더 떴다. 요가 수업에 가니 증기기관차의 기적처럼 우렁찬 숨소리로 가득했다. 흠~~~~~ 스~~~~~~ 흠~~~~~~ 스~~~~~~~. 호흡이 수련에 따라오는 것이라기보단 목적처럼 보였다. 들숨과 날숨은 몸과 마음을 잇는 다리요, 해탈에 이르는 열쇠이며, 신성의 가능성을 실현하는 것이라고 했다. 혼란스러웠다. 호흡을 통해 나 자신과 주변이 조화를 이룬다고? 호흡이 이렇게나 중요하다면 왜 발레에선 호흡을 배우지 않는 걸까?

처음 발레 학원에 갔을 때 배운 건 다섯 가지 발 자세와 네 가지 팔 자세였다. 이게 발레의 기초라고 배웠다. 지금도 크게 다르지 않으리라. 동작을 하나씩 배워 가면서도 근육과 뼈에 대해서만 생각했다. 어깨를 내려라, 팔꿈치를 들어라, 발끝 포인트 해라, 배 집어 넣어라. 사진사가 찰칵 찍을 수 있도록 정확한 포즈를 만들어라……. 몸을 정확한 경로를 통해 움직여 완벽한 그림을 만드는 것, 그것이 목표였다. 나는 마치 인형술사가 마리오네트를 조종하듯 내 몸을 조종했다. 다리를 더 들어야지, 머리를 좀 더 옆으로 돌려야지, 상체를 바로 세우고 어깨를 펴야지. 숨을 어떻게 쉴 건진 고민하지 않았다. 숨은 그냥 알아서 쉬는 것이었으니.

호흡에 대해 고민하게 된 건 남자 파트너와 춤추게 되면서다. 난 여중-여고-여대를 나온 탓에 남자와 파트너링 연습을 해 본 적이 거의 없었다. 발레단에 가니 처음 군무를 배울 때 남자 파트너가 나를 번쩍 들어 올리며 점프하는 동작이 있었다. 나 혼자 하면 분명 잘 뛸 수 있는 동작인데 남자가 들어 올리니 오히려 높이 뛸 수 없었다. (무거워서 못 들어 올리나? 가장 절망적인 가설을 떠올린다.) 진땀 나는 리허설이 끝나고서야 파트너링에선 내 힘으로 뛰는 게 아니라 남자가 나를 쉽게 들어 올리도록 호흡으로 거들어야 한다는 걸 깨달았다. 아, 파트너와의 호흡을 맞춘다는 게 은유적인 표현이 아니라 정말 호흡을 맞추는 것이었구나.

그러자 모든 동작에서 호흡이 보이기 시작했다. 무릎을 굽혔다가 펴는 플리에 동작도 호흡이 이끌어 가고, 팔의 모양을 바꾸는 것도 호흡이 거들어야 자연스럽다. 큰 점프를 하거나 다리를 번쩍 들어 올릴 때 숨을 깊이 마셔야 함은 당연하다. 춤추는 것은 공기와 중력에 맞서며 근육을 힘들여 움직이는 게 아니라 호흡에 몸을 맡기는 것이었다. 나는 콩쿠르를 준비하면서 밤에 누워서 머릿속으로 춤을 그려 보는 연습을 많이 했는데, 돌이켜 보니 그건 내 숨과 몸, 마음과 에너지를 정교하게 다듬는 과정이었다. 나는 호흡으로 춤춰 왔던 것이다.

호흡은 움직임에 생기와 색채를 불어넣을 뿐 아니라 춤추는 이들, 나아가 관객에게로도 확장된다. 무대 위의 무용수들이 굳이 노력하지 않아도 자연스럽게 한 호흡으로 숨쉴 때, 여기에 관객의 들숨과 날숨이 맞춰질 때, 모두가 하나로 연결된다. 그 경험은 근사하다.

발레단이 처음으로 유럽 투어를 갔을 때의 일이다. 고풍스러운 야외극장에서 공연하는 날인데 종일 비가 내렸다. 첫 투어라 긴장한 만큼 실망도 컸다. 그런데 공연 딱 두 시간 전에 비가 개었다. 스태프들이 무대에 고인 물을 빠르게 걷어 냈고 무용수들도 힘을 내서 다시 몸을 풀었다.

〈지젤〉 2막. 무대 배경막에 그려진 달 위로 훨씬 크고 밝은 보름달이 떠올랐고 먼지 씻긴 공기는 더없이 청량했다. 군무 무용수들이 하얀 튀튀를 입고 앉아 상체를 앞으로 구부렸다 뒤로 폈다 하는 동작을 반복했다. 그런데 스무 명 넘는 무용수가 하나의 생물처럼 움직이는 게 아닌가. 군무란 아무리 연습을 많이 해도 미세하게 어긋나기 마련이다. 음악은 하나지만 누군가는 살짝 늦고, 누군가는 살짝 빠르기 때문이다. 그런데 이번엔 달랐다. 귀에 들리는 음악에 몸을 맞추기보다 무용수들 간에 호흡이 맞춰지면서 몸이 살짝 떠오르는 듯한 고양감을 느꼈다. V 자로 하늘을 날아가는 새들이 호흡을 맞출 때 공기의 저항을 덜 받는 것처럼, 동작이 훨씬 수월하고 더없이 편했다. 하나로 호흡하는 무용수의 에너지가 객석까지 뻗어 나갔고 발레단의 성공적인 유럽 데뷔 무대로 꼽혔다.

춤에서 호흡을 발견하면 춤은 완전 다른 것으로 탈바꿈한다. '무엇을'에서 '어떻게'로, 결과에서 과정으로, 눈에 보이는 성과에서 눈에 보이지 않는 가치로 초점이 이동한다. 마치 고전 물리학에서 현대 물리학으로 바뀌는 것과 같다. 무

용수의 몸매가 어떠하고 무슨 동작을 해내는지는 더 이상 중요하지 않다. 춤은 근육과 뼈 덩어리를 이리저리 움직이는 게 아니다. 지금 이 순간을 살아 내며 에너지와 흐름을 만들어 내는 것이다. 처음엔 보이지 않지만 한번 알아차리면 또렷이 보인다. 소의 뼈와 살을 발라내는 백정이 처음엔 소의 몸뚱이만 보았지만 나중엔 힘줄과 뼈 사이의 빈틈에 자연스럽게 칼을 갖다 댈 뿐이라는 일화처럼 말이다.

차의 목적이 마셔 버리는 게 아니듯, 춤의 목적은 동작을 해치우는 게 아니라 동작과 동작 사이를 음미하는 것이다. 인생도 그럴 것이다. 자기 호흡으로 이끌며 춤출 때 마리오네트 줄을 풀어 버리고 자유로워질 것이다.

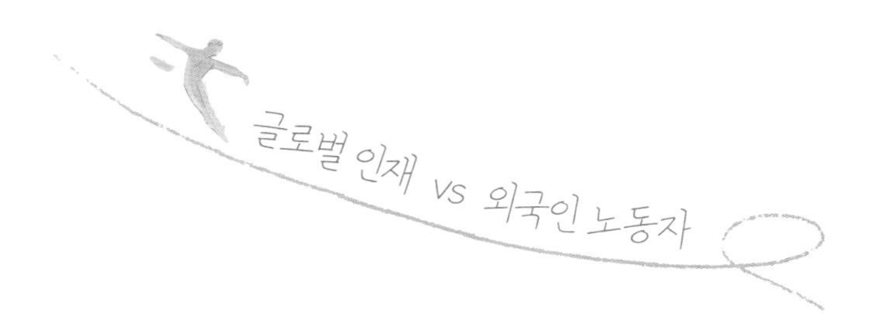

글로벌 인재 vs 외국인 노동자

우연한 기회는 새로운 세상을 열어 준다. 20년 전 나는 프로페셔널 발레단의 단원이 되었다. 발레를 전공하긴 했지만 발레단이라곤 없는 부산에서 자랐고 그마저도 예고가 아니라 인문계 고등학교를 다녔기에, 나에게 발레단은 낯선 것이었다. 그때까지 발레단이라는 문화, 단체, 장소, 사람들을 접해 본 적이 없었다. 그래서인지 대학 무용과에 와서도 발레단 입단을 목표로 삼을 생각은 못 했다. 적어도 2학년이 끝날 때까진 새로운 친구들과 싸구려 호프집에서 소시지 야채볶음에 김빠진 맥주를 맘껏 먹는 데 몰두했으니 말이다. 그러던 내가 발레단의 단원이 되었다. 그것도 중국에서.

학부 2학년 겨울 방학에 일주일짜리 발레 워크숍에 참가했는데, 이때 가르쳐 주신 베이징 댄스 아카데미의 발레 교수님이 중국 광저우 발레단 입단을 제안하셔서 이야기가 급격히 전개되었다. 제안을 받은 지 하루 이틀 만에 결정하고 2주 안에 출국했다. 때는 1998년이다. 중국은 '중공'이라 불리던 낯선 나라였고, 거기선 110v를 쓰는지 220v를 쓰는지도 알 길이 없었다. 워킹 비자를 받아야 하는데 중국어를 아는 사람이 없어서 여기저기 수소문하여 대만 사람에게 겨우 부탁했고, 서점에 두세 권 있던 중국어 교재 중에서 왕초보 중국어책을 한 권 사서 떠났다. 물론 중국 말은 한 마디도 모른 채로.

학생 신분으로 외국 발레단에 스카웃되었다니 친구들은 부러워했고, IMF 터진 해에 발레로 외화 벌어 온다고 화제가 되기도 했다. 무엇보다 나는 내 맘대로 살 수 있다는 기대에 부풀었다. 더 이상 밤마다 통금도 없고 방 치우라는 잔소리도 없겠지! 내가 먹고 싶은 것 먹고 밤늦게까지 영화도 볼 수 있겠지! 월급 받으면 사고 싶은 것 맘대로 살 수 있고, 숙제나 시험도 없다니! 하루 종일 레오타드 입고 연습에 연습을 하는 건 어떤 걸까?

광저우 공항에 도착했을 때 매캐한 매연에 컥컥대며 나의 몽상은 깨졌다. 광저우는 광둥성의 성도(省都)다. 베이징이나 상하이보다 자본주의를 빨리 받아들여 쇼핑몰이 즐비했고 부자도 많았다. 페라리가 끝없이 늘어선 부자 마을에서 공연한 적도 있다. 그러나 발레단은 시내에서 꽤 떨어진 요양원 부지에 있었기에 주변이 척박했다. 시장에 가면 상인들이 흙바닥에 야채를 놓고 팔았고, 그마저도 맨날 바가지를 씌웠다. 돈 쓸 일은 별로 없었지만 월급이 적어 시내 나가서 외식하기도 망설여졌다. 인터넷도 없던 시절, 폐쇄적인 중국 사회에서 발레단 단원들은 사상 교육 차원에서 매달 프로파간다 영화를 보고 공산당 행사에도 출연해야 했다. 모든 것이 낯설고 힘들고 이해하기 어려웠다.

시간은 또 너무 많았다. 발레단에 가면 하루 종일 춤을 출 줄 알았는데, 말단 단원으로서 역할이 많지 않았기에 연습이 통 없어서 힘들었다. 아침에 클래스에 참여하고 오후에 한두 시간 군무 리허설을 하고 나면 할 일도, 갈 곳도, 얘기 나눌 사람도 없었다. 매일같이 구구절절 일기를 쓰고, 중국어 교재가 닳도록 공부하고, 몇 년간 데면데면하던 가

족에게도 주저리주저리 편지를 썼다. 해외 발레단에 진출하긴 했는데 귀양 온 기분이었다.

그해엔 나 외에도 호주와 뉴질랜드 그리고 캐나다에서 대여섯 명의 외국 단원이 1년 계약으로 왔다. 나로선 퍽 반가운 이들이었다. 중국 단원들은 우리에게 친절하고 호기심도 있었지만 겨우 1년 머무르고 떠날 이에게 마음을 내 주진 않았다. 쉬는 날이 되어도 딱히 갈 곳이 없었기에 우리는 허구한 날 기숙사에서 뒹굴며 수다를 떨곤 했다. 뉴질랜드 악센트를 알아듣기 힘들었고 때론 별일 아닌 걸로 맘 상하는 순간들도 있었지만, 우린 마치 외딴섬에 남겨진 이들처럼 서로에게 의지하며 버텼다.

1년의 계약이 끝난 후 한국에 돌아와 복학하고선 유니버설 발레단에서 활동하게 되었다. 유니버설 발레단엔 다국적 무용수가 많았고 중국 무용수들도 여럿 있었다. 나는 이들이 남 같지 않았다. 중국 발레단에서 주변인이었던 나는 한국 발레단에서 주변인인 그들에게 맘이 쓰였다. 한국인 단원들은 그들에게 잘 대해 주었지만 자신들의 일원으로 여기진 않았다. 주역 무용수로 성장한 왕이와 솔리스트였던

가오자오는 그나마 존재감이 있었지만 홍콩 출신의 로나, 자주 나의 파트너가 되었던 렌창에게 관심을 가지는 이는 없었다. 로나는 조용하고 착실했으며 렌창은 매너가 좋았다. 내가 되지도 않는 서바이벌 중국어로 그들과 실없는 농담을 나누고 그들의 숙소에 놀러 가고 우리 집에 초대하여 함께 훠궈를 만들어 먹었던 것은 그들의 모습에서 외로웠던 나를 보았기 때문이다.

유니버설 발레단은 흥미로운 곳이었다. 러시아에서 발레 마스터나 무용수가 자주 왔고, 중국 무용수가 꾸준히 유입되었으며, 미국에 자매 발레 학교가 있어서 미국이나 유럽 무용수도 여럿 있었다. 외국인 단원의 숫자가 꽤 되다 보니 리허설은 한국어와 영어, 러시아어를 넘나들며 진행되곤 했다. 국제적인 뒤섞임과 여러 겹의 통역이 흥미로웠지만 퇴근 시간이면 다들 관심을 거두었다. 외국인 단원들은 그들만의 세계가 있겠지, 짐작할 뿐이었다. 갈 곳 없어, 만날 이 없어 외로울 거라고 생각하는 이는 드물었다.

어느 날엔가 한 러시아 무용수가 친구를 만나러 롯데월드에 간다고 했다. 발레 학교를 함께 다녔던 친구가 롯데월드의 퍼레이드 공연단에서 활동한다는 것이다. 이제껏 발레와 퍼레이드를 연결해 본 적이 없던 나는 충격을 받았다. 발레는 뭔가 고상하고 특별하다는 생각에, 롯데월드에서 퍼레이드를 보면서도 저들 무용수가 나와 공통점이 있다는 생각을 해 본 적이 없었기 때문이다. 그러고 보니 나도, 러시아 단원도, 퍼레이드 무용수도 모두 외국인 노동자였다. 주류 집단에 속할 땐 몰랐던 온갖 어려움과 외로움, 고립감을 겪는 주변인이었던 것이다.

중국 발레단에서 보낸 1년은 모험담처럼 느껴진다. 서양 발레단이었다면, 보다 정보가 많았다면, 인터넷이나 화상 채팅으로 쉽게 소통할 수 있었다면 그렇게까지 고립되진 않았을 것이다. 그 시절의 나는 당장 글로벌 인재라도 될 것처럼 들떴지만 이제 와 생각해 보니 철저히 주변인으로 밀려났던 경험을 할 수 있었던 것에 감사한다. 그 경험이 아니었더라면 내가 국내에 들어오는 동남아 노동자들에게 관심을 기울이고 공감할 수 있었을까? 공장에서 일하건 발레단에서 일하건 외국인 노동자인 건 매한가지라고 생각이나 했을까?

다이어트 잔혹사

아프리카 어느 부족에 이런 속담이 있다고 한다. 노인 한 사람이 죽으면 도서관 하나가 불타 사라지는 것과 같다고. 나는 이렇게 말하겠다. 발레 무용수가 은퇴하면 다이어트 백과 사전 하나가 사라지는 것과 같다고.

발레 무용수들은 다이어트에 대해 저마다의 잔혹사를 가진다. 발레를 한다는 건 다이어트 램프를 내내 켜 놓는 일이다. 학생이건, 프로 무용수이건 다이어트는 벗어날 수 없는 굴레다. 신진대사가 활발해서, 혹은 장이 과민하여 먹는 족족 화장실에 달려가는 특혜 받은 몇몇을 제외하곤 잠시만 방심해도 훅훅 붙는 살과 끈질긴 전쟁을 벌인다.

다음은 내가 발레를 전공해 오면서 일평생 목격한 전략들이다.

- 매일 몸무게를 재며 벽에 공개적으로 써 놓기
- 몸무게가 0.5kg 늘면 벌금 내거나 맞기
- 비닐로 온몸을 감싸는 땀복과 점퍼 입고 운동장 뛰기
- 사우나 한증막에 들어가 조금의 수분이라도 말려 보기
- 양배추 한 솥 삶아서 들고 다니며 먹기
- 먹은 것 게우기
- 뱃살 꼬집고 팔뚝 살 흔들기
- 침 맞기
- 한약 먹기
- 양약 먹기
- 최첨단 테크놀로지 이용하기 (마사지, 지방 흡입술, 식욕 억제제)

락앤락에 토마토, 오이, 양배추를 싸 들고 다니는 건 귀여운 축에 든다. 입시철이 오면 무용 학원에 함께 다니던 고3 언니들이 옷을 몇 겹씩 껴입고 계단을 오르내리고 운동장을 달렸다. 온갖 민간 요법과 '카더라' 통신이 극성을 부리는

때다. 이 중에서 매일 몸무게 재기나 뱃살 꼬집기 정도는 나도 해 봤지만 내가 주력했던 전략은 따로 있다.

- 걷기, 또 걷기, 뛰기
- 저녁 6시 이후로 무조건 금식

너무 당연한 것 아니냐고? 그렇다. 이건 겨우 현상 유지에나 도움 된다. 체중을 줄이기엔 턱도 없다.

- 군것질 안 하기
- 음식을 적은 양으로 나누어 먹기
- 단백질과 섬유질 위주의 스무디 만들어 먹기
- 탄수화물 안 먹기

뭐니 뭐니 해도 탄수화물을 안 먹는 게 즉효였다. 이건 탄수화물이 쉽게 살찐다거나, 단백질이 소모시키는 칼로리가 더 높다든가 하는 과학적인 차원보다는 극히 현실적인 이유에서 효과적이다. 탄수화물을 안 먹는다는 건 이 세상에 존재하는 군것질의 대부분을 할 수 없다는 뜻이기 때문이다. 배가 고파, 혹은 입이 심심해서 매점에 가서 아무리 둘러봐도 살 게 없기 일쑤다. 요즘 편의점엔 삶은 계란부터 샐러드에 한 컵 과일까지 즐비하지만.

나의 다이어트 식단은 다음과 같았다. 아침엔 삶은 콩과 각종 쌈 야채, 바나나 등을 갈아 스무디를 가득 만들어 먹고, 점심엔 닭가슴살과 삶은 계란, 과일을 먹었다. 중간에 너무 뭔가 먹고 싶으면 차라리 스포츠 음료를 한 통 사서 조금씩 음미하며 마셨다. 저녁은 금식. 물론 이런 극단적인 식사를 오래 지속할 순 없고, 요요 현상이 오기도 한다. 그것도 심하게.

폭식

폭식하고 집까지 걸어가기

폭식하고 의도적으로 토하기

그렇다. 폭식을 하고 그다음에 어떻게 해야 할지 모르는 대혼란은 발레 무용수에게 통과의례와도 같다. 나는 해운대 산꼭대기에 있는 고등학교에 다녔는데, 무용반 친구들과 학교 앞 분식점에서 라면과 양념 만두를 배 터지게 먹은 후 해운대 해수욕장을 지나고 광안리 해수욕장을 지나도록 걷고 또 걸었다. 모래밭에서 걸으면 칼로리를 더 소모한다고 자위하며 말이다. 납득할 수 없는 지경까지 먹고 나면 일부러 느끼하거나 짠 것을 잔뜩 먹어 토하려 노력하기도 했다. 하지만 실제로 토한 적은 별로 없기에 그 많은 음식을 다 소화시키고 나면 절망에 빠졌다. 토해 낸 친구가 부러웠다.

미국 아메리칸 발레시어터에서 최초의 흑인 여성 주역이 된 미스티 코플랜드에 대한 다큐멘터리를 보다 보니 이런 장면이 나왔다. 부푼 꿈을 안고 뉴욕에 왔는데 발레단 생활에 잘 적응하지 못해 자기혐오에 빠진 코플랜드는 크리스피 도넛 가게에 전화를 걸어서 열두 개들이 상자를 주문해 한 번에 다 먹어 치우곤 했다. 평소엔 도넛 하나에도 벌벌 떠는 이가 열두 개를 해치우게 하는 건 마음의 병이다. 도넛 열두 개쯤이야.

다이어트는 자기와의 싸움일 뿐만 아니라 남이 보는 나, 그리고 내가 보는 남과의 싸움이기도 하다. 타인의 눈으로 자신의 몸을 바라보며 혐오하고 미워하고 원망한다. 또한 나보다 날씬한 친구나 동료를 질투하고 견제한다. 함께 발레

doughnut

를 전공하는 친구들은 그 전날 밤 자기가 얼마나 많이 먹었는가를 떠벌리는 게 하루의 중요한 일과이곤 했다. 시험 전날 밤 공부 하나도 안 했다며 호들갑 떠는 것처럼 말이다. 믿거나 말거나, 과장과 거짓말로 불안함과 자기혐오를 삭인다. 나는 스스로를 파괴하고 삶을 좀먹는 위선의 쳇바퀴가 싫었지만 어느새 합류하여 한몫하곤 했다.

내가 발레단을 그만둘 때 결심했던 한 가지는 이제 더 이상 다이어트에 시달리지 않겠다고, 통통하게 살이 오르더라도 그냥 받아들이겠다는 것이었다. 정말 자유롭고 싶었다. 그런데 발레단을 그만두니 오히려 살이 빠졌다. 왜 그런지는 모르겠다. 대학원에 다니는 것, 그러니까 수업 듣고 조교 일 하고 아르바이트하는 게 전업 무용수의 삶보다 피곤하고 힘든 것이었을까. 아니면 다이어트라는 무거운 굴레를 벗어 버리자 음식에 대한 집착이 사라진 걸까. 물만 마셔도 살찔 나이가 지나서일까. 다이어트 백과사전을 불태우자 마법이 풀린 것일까.

지금의 나는 비교적 건강한 식습관을 유지하고 있다. 하루에 일정한 양의 야채를 안 먹으면 기분이 나쁜 야채 성애자다. 몸에 안 좋은 음식은 본능적으로 덜 당기고 폭식도 없다. 원래부터 그랬었다면 더 좋았겠지만 지금에라도 찾은 균형이 감사하다.

프레더릭 프랭클린은 99세까지 장수한 영국 발레리노다. 20세기 초 서양의 주요 발레단에서 활동하며 여러 안무가들의 작품에서 주역을 맡았기에 현대 발레사를 관통하는 인물이라 할 수 있다. 돌아가실 때까지 정정하고 쾌활한 노인이었던 그의 뛰어난 기억력에 대해 전해 오는 일화가 있다.

'미국 발레의 아버지'라 불리는 조지 발란신이 사망하자 그의 예술 세계를 보존하려는 비디오 아카이브 프로젝트가 진행되었다. 비디오 아카이브 프로젝트에서는 발란신과 직접 작업했던 원로 무용수들이 후배 무용수에게 자기가 췄던 춤을 가르쳐 주는 워크숍을 진행하고 그 과정을 녹화

했다. 동작의 순서를 외우는 게 아니라 발란신 특유의 스타일을 보존하고자 함이었다.

원로 무용수들 중에서도 최고령자인 프레디는 1순위 작업 대상이었다. 그런데 프레디가 발란신의 작품을 지도하는 과정에서 이제는 영영 사라진 작품까지도 기억해 냈던 것이다. 사라진 작품의 안무를 복원하는 건 오랜 자료 수집으로도 힘든 일인데, 프레디는 맨몸으로 세 작품이나 기억해 냈다. 발란신 재단으로선 엄청난 수확이었다. 60여 년이 지나서도 자신이 췄던 춤을 몸으로 기억하는 프레디의 일화는 극적인 면이 있지만 무용수들이라면 시큰둥할 것이다. 무용수들은 움직임의 세밀한 부분까지 몸으로 기억하는 자들이기 때문이다.

나에게는 몸에 깊이 새겨진 춤이 몇 개 있다. 발레단에서 무수히 공연했던 〈백조의 호수〉나 〈심청〉, 〈호두까기 인형〉은 멜로디만 들어도 몸이 자동 반응한다. 라디오에서 종종 〈백조의 호수〉 서곡이 흐르면 몸은 긴장하며 어느새 호흡을 고르고 있다. 백조가 줄을 지어 뛰어드는 장면을 준비하는 것이다. 심지어 콩쿠르를 위해 연습한 솔로 작품은 음악이 없어도 뜬금없이 툭툭 튀어나온다. 그도 그럴 것이, 대체로 발레의 솔로 작품은 1분이 채 안 되는데 이걸 하루에도 여러 번 반복해서 연습하기 때문이다. 밤에 침대에 누워서 얼마나 머릿속으로 그려 보았던가. 길을 걸으면서도 이어폰으로 얼마나 반복해서 들었던가. 안 되는 동작을 해내기 위해 몸의 감각을 미세하게 조율하려 애쓰던 순간들, 무대 위에서 실수라도 하면 몇 달이고 머리를 쥐어뜯으며 곱씹어 보던 시간들이 켜켜이 쌓여 나의 일부가 되었다.

1분짜리 작품이 그러하면 2시간짜리 전막은 어떠할까? 발레단의 리허설은 배역별로 잘게 나뉘어 있기에 개별 무용수가 전막의 움직임을 모조리 기억하는 것은 무리다. 전체를 기억하는 건 안무가나 발레 마스터의 몫이다. 오케스트라 단원들이 각자의 파트에 충실하고 지휘자가 전체 악보를 세세히 알고 있는 것과 비슷하겠다. 그렇다고 해서 무용수들이 자기 부분만 아는 것은 아니다. 일단 자기 파트가 속한 맥락을 알고 등, 퇴장을 명확히 정리해 놔야 실수가 없다. 게다가 총 리허설을 여러 번 반복하면서 다른 사람의 파트까지 자연스럽게 외우곤 한다. 프레디가 기억해 낸 부분 중엔 자기가 직접 춤춘 부분도 있지만 군무와 여성 솔로도 있었다. 몸에 밴 기억은 쉽사리 지워지지 않는다. 좋든 싫든.

무용 공연을 본 지인들이 가끔 묻는다. 어떻게 저 많은 움직임을 다 외운 거지? 이 질문은 피아니스트가 긴 교향곡을 어떻게 외우냐는 질문과 같다. 답은 간단하다. '자다가도 툭 치면 나올 정도로' 연습하고 또 연습하는 것. 하루 이틀 쉬고 나면 금세 몸의 감각이 무뎌지기에 꼼짝없이 노력해야 한다. 몸이 무의식적으로 움직이는 경지에 올라야 비로소 제대로 된 표현이 가능하다. 기억력은 첫 단추일 뿐이다.

때론 미련할 정도로 많은 에너지를 투자해야 하는 분야라는 게 불만족스러울 때도 있다. 효율성과 유연성을 중시하는 21세기의 작동 원리에서 도태된 것 같기도 하다. 하지만 다시 생각해 보면 엄청난 시간을 투자하여 시간의 흐름에 속절없이 지워지고 말지언정, 아주 미세한 차이를 만들어 내는 장르라는 것에 일종의 해방감과 쾌감을 느끼기도 한다.

무용수들은 움직임으로 소통하고 생각한다. 그들은 피부 깊숙이 다양한 텍스트와 레퍼런스를 새겨 넣은 자들이고,

아무에게도 빼앗기지 않는 움직임의 감각을 차곡차곡 쌓은 이들이다. 작품을 통해 인연을 맺은 움직임은 끊임없는 반복을 통해 지문처럼 새겨진다. 몸에 축적된 감각을 통해 무용수는 자기 내면의 서가를 서서히 채워 나간다. 그것이 안무가로 발현되건 무용수로 활동하건 간에 자기만의 시그니처 스타일로 남는 것이다. 무용수 개개인은 하나의 도서관이다. 한차례의 파도가 휩쓸고 가면 사라지고 말지라도.

발레리나로서 나의 은퇴는 소박했다. 특별한 날도 아니었다. 굳이 찾자면 두 달간 장기 공연하던 〈호두까기 인형〉이 마무리되는 날, 그러니까 발레단이 한 해의 시즌을 마치고 겨울 휴가에 들어가는 날이었다. 공연 후 어수선한 무대 위에 단원들이 모였고, 단장님은 장기 공연을 잘 마무리해 준 단원들에게 감사하며 마지막으로 덧붙였다.

"정옥희 씨는 오늘이 우리와 마지막 날이었습니다. 이제 대학원에 진학한다고 하네요. 다들 박수 보내 주세요."

나에게 쏟아지는 박수를 어색하게 받으며 난 그렇게 허둥지둥 무대를 나왔다. 여느 때처럼 머리 장식과 의상을 조

심스레 벗어 반납하고 익숙한 손놀림으로 화장을 지웠다. 그게 끝이었다. 별다른 회한이나 아쉬움은 없었다. 코르 드 발레(corp de ballet 군무 무용수)는 그렇게 은퇴하는 법이니까.

발레리나의 은퇴는 화려하고 드라마틱하다. 은퇴 소식만으로 기자회견을 열 수 있는 프리마 발레리나라면 말이다. 은퇴 몇 주 전부터 기자들이 찾아와 그들의 발레 인생을 되돌아보고, 주요 활동을 자료 사진과 함께 짚어 주고, 미래의 계획을 묻는다. 마지막 공연은 대개 발레리나에게 잘 어울리는 작품으로 선정되며, 일찌감치 티켓이 매진된다. 마지막 공연이 끝나면 붉은 커튼이 수없이 오르락내리락하고, 자기 몸집보다 큰 꽃다발을 안은 발레리나가 눈물을 글썽이며 커튼 사이로 나와 다양한 포즈로 인사를 하고, 발레단 단장이라든지 오랜 파트너라든지 중요한 인사들이 나와 그녀의 손등에 키스를 하고, 자리에서 벌떡 일어선 관객들은 손바닥이 부서져라 박수를 쳐 댄다. 춤추고 싶은 만큼 춤추다가 무대를 떠나는 이들은 발레리나로서 천수를 누린 자들이다.

하지만 그들 뒤에서 무대를 가득 채웠던 군무 무용수, 코르 드 발레는 은퇴마저도 그림자처럼 흔적이 없다. 아니, 은퇴라고 힘주어 말할 것도 없이 그저 어느 날 부상에 시달리다가, 슬럼프에 빠지다가, 가정에 매달리다가 무대에서 멀어져 가기 일쑤다.

내가 은퇴를 결심했을 때 선배 무용수들이 떠올랐다. 10년 넘게 발레단에 매일같이 출근하던 선배 무용수들이 문득 사라지곤 했다. 자기 집 안방보다 발레단 탈의실이 익숙했던 그들의 하루. 아침마다 자판기 커피를 빼 먹으며 거울 앞에서 머리를 틀어 올리고 사진을 빼곡히 붙인 캐비닛을 여닫고 익숙한 자세로 몸 풀던 무용수들은 한 명 한 명이 역사다. 어떤 연습복을 좋아하는지, 어떤 순서로 스트레칭하는지, 수업 시간에 자기가 늘 서던 자리는 어딘지, 어떤 동작은 쉽고 어떤 부위가 아픈지, 포인트 슈즈는 어떻게 다듬고 공연 후 피로는 어떻게 푸는지 오랜 세월 쌓아 온 흔적과 노하우가 있다. 하지만 그들이 몸에 평생 새겨 온 지혜와 경험은 은퇴와 함께 한순간에 사라진다. 아무도 궁금해하지 않으니까.

발레단의 무용수는 노동자다. 그중에서도 코르 드 발레

는 성실하고 근면한 노동자다. 주역 무용수나 솔리스트는 공연 기간 동안 한 배역을 두세 명이 번갈아 가며 공연하지만 코르 드 발레는 매일 같은 역할을 맡는다. 큰 박수를 받지는 못해도 제 역할을 충실히 해내는 이들이 있기에 공연이 무사히 이루어진다. 그들의 춤은 퍼즐과도 같아서, 하나가 빠져도 새로운 퍼즐 조각으로 채우면 감쪽같다. 이 빠진 퍼즐은 눈에 거슬리지만 모든 게 있어야 할 곳에 있는 퍼즐엔 눈길이 안 가는 법이다. 코르 드 발레의 춤은 대단한 테크닉을 자랑하지 않는다. 주인공이 사랑에 빠질 만한 분위기를 만들고, 그럴듯한 상황을 만들어 내는 게 임무다. 그러다 보니 코르 드 발레에겐 에고(ego)가 없다. 콧대 높은 아티스트의 자의식보단 장기 근속자의 노련함을 지닌다.

코르 드 발레로 은퇴했기에 나는 조금 더 성숙한 관찰자가 되었다. 주인공이 되지 못하는 것은 뒷맛이 씁쓸한 일이다. 하지만 내가 주인공이 아니었기에 좀 더 낮은 곳, 좀 더 가려진 곳, 좀 더 침묵하는 곳에 절로 눈길이 갔다. 어떤 분야를 보더라도 가장 평범한 이들의 일상이 궁금해졌다. 코르 드 발레는 얼마나 소중한 존재인가. 그들은 관객들이 프리마 발레리나만 바라보더라도 묵묵히 최선을 다해 춤을 추는 성실함과 겸손함을 갖췄다. 또한 수년간 반복하며 몸으로 익힌 노련함을 지녔다. 우리 대부분은 코르 드 발레이고, 꾸준히 자기 자리를 지키는 것이 얼마나 어려운 일인지 잘 알고 있다.

02

먼저 춤추라

레베랑스

공연이 끝나면 발레리나는 한 다리를 뒤로 뻗고 서서 두 팔을 벌렸다가 무릎을 굽히며 머리를 숙인다. 발레 특유의 인사법인 레베랑스(rèvèrence)이다. 커튼콜은 한 번에 끝나는 법이 없으니 팔의 포즈를 다양하게 변형시키며 인사한다. 〈백조의 호수〉를 한 후엔 두 팔을 기역자로 꺾으며 백조의 자태를 만들어 내기도 하고, 현대적인 작품에선 두 다리를 나란히 모아 서서 머리만 숙이기도 한다. 천천히 앉았다 일어서고 두 팔을 우아하게 펼쳤다 접으며 아름다운 라인을 만들어 내니 앙코르 공연이라 할 만하다.

레베랑스는 주역 발레리나뿐 아니라 모두에게 향한다. 남성 무용수는 여성 파트너를 리드하여 무대에 등장해서 여성을 무대 앞으로 보내 갈채를 받게 하고, 자신은 뒤로 물러나 인사한다. 몸에 밴 매너와 품격이다. 발레리나가 인사를 끝내고 뒷걸음질할 때 넘어지지 않도록 손과 허리를 받쳐 주는 것은 물론 안무자나 지휘자를 무대 위로 모셔 오는 것도 남성 무용수의 몫이다. 남성다움과 여성다움은 작품이 끝난 후에도 계속하여 무대를 장악한다. 남녀 주역 무용수가 관객에게 충분히 인사하고 나면 서로를 마주 보며 감사를 표하고, 지휘자는 오케스트라에게 인사한 다음 이들이 관객의 갈채를 받도록 일으켜 세운다.

그런데 레베랑스는 철저히 계급적으로 진행된다. 군무 무용수들이 한꺼번에 나온 다음 솔리스트, 주역 무용수의 순서로 등장한다. 솔리스트 이상의 경우 자유롭게 인사하지만 군무의 경우 인사가 아무리 반복되어도 약속된 포즈, 타이밍, 대열에서 이탈하지 않는다. 내가 발레단의 군무 무용수였을 때는 레베랑스를 즐기지 못했다. 관객의 박수란 주역 무용수에게, 솔리스트에게, 그러고 나서야 군무에게 떨어지는 낙수 효과 같은 것이라고 생각했지, 나에게 향한다고 느끼긴 어려웠다. 작품 속에서 그러하듯, 작품이 끝난 뒤에도 주역 무용수를 빛내 주는 병풍처럼 묵묵히 서 있을 때면 시간이 길게 느껴졌다.

그래도 레베랑스에 가슴이 뛰던 순간이 있었다. 〈백조의 호수〉나 〈1172〉처럼 군무의 부단한 연습이 필요한 공연에선 관습적인 레베랑스가 끝난 후, 그러니까 주역 무용수가 갈채를 충분히 받은 후, 예술 감독이 군무만 무대 앞으로 보내 인사하도록 배려해 줬다. 감독이 두 손을 휘저으며 "go, go!"라고 외치면 군무 무용수들은 어느 때보다 활짝 웃으며 무대 앞으로 달려 나갔다. 군무를 새롭게 발견하고 인정해 주는 박수 소리는 분명 다르게 들렸다.

무대 위에서 펼쳐지는 레베랑스는 감동적이고 충만하다. 고된 연습 과정 끝에 얻은 값진 결과물에 쏟아지는 갈채! 성장 영화의 해피엔딩처럼 매끈하다. 그러나 연습실에서 이루어지는 레베랑스는 훈련의 첫 단추이다. 발레 클래스는 레베랑스로 시작하여 레베랑스로 끝난다. 바를 잡기도 전에 선생님과 피아니스트에게 번갈아 인사하고, 수업이 끝나면 다시금 감사를 표한다. 4/4 박자 두 마디에 불과한 짧은 동작이지만 발레 클래스라는 세계로 들어가고 나오는 관문

역할을 한다. '이제부터 최선을 다해야지.' 하고 무용수는 그 짧은 순간에 자기에게 최면을 건다. 무대 위의 레베랑스보다 연습실의 레베랑스가 신성하게 느껴지는 건 이러한 이유에서다.

그런데 최근엔 레베랑스가 생략되는 경우를 많이 본다. 한 동작이라도 더 연습하려는 욕심에, 불필요한 절차라는 생각에, 혹은 피아니스트 없이 수업하는 환경에서 번거로우니까, 수업 시작은 물론이고 수업 마무리에서도 레베랑스가 생략되곤 한다. 난 이런 변화가 못마땅하다. 발레는 인간과 인간이 관계를 맺는 방식에서 출발한 춤이고 선생님과 학생이 서로에게 예의를 지키며 존중할 때 교육이 이루어진다고 생각하기 때문이다. 러시아의 발레 학교 영상을 보고 있으면 초급반이고 고급반이고 할 것 없이 학생들이 동일한 레베랑스를 행하며 수업을 시작한다. 앳된 아이들이 더듬더듬 레베랑스를 흉내 내는 장면도, 성숙한 무용수가 된 학생들이 몇 년간 매일 보는 선생님과 레베랑스를 나누는 장면도 찡하다. 발레를 배운다는 것은 이런 예절을 몸에 익히는 과정이고, 초심자에서 프로 무용수로 성장하는 과정에서 경험적이고 반복적으로 몸에 각인된다. 타인과 공존하면서도 자기에게 집중할 수 있는 힘을 기르게 되는 것이다.

레베랑스는 '우리 사이에 굳이 뭐 하러'라고 생략되기 쉬운 예의와 존중을 잊지 않게 해 준다. 선생님과 학생, 무용수와 관객, 타인과 타인은 서로를 바라보고 인정하고 서로에게 감사를 표현하며 삶의 마디마디를 나아가게 한다. 매일 보는 사이일수록 예절을 지켜야 하고 타인과의 관계 역시 쾌적하게 유지해야 함을 보여 준다.

그래서 레베랑스는 끝이 아니라 시작이다. 성공과 완성을 찬미하기보다는 노력과 겸손함을 되새기는 일상의 의식이다. 누군가에겐 모닝커피가, 가벼운 산책이, 따뜻한 샤워가 그러하듯, 발레 무용수에게 레베랑스는 어제는 잘 풀리지 않았어도 오늘 다시 노력할 수 있도록 마음을 다잡게 해 준다. 초심자도, 노련한 무용수도 똑같이 단순한 인사를 한다는 점도 마음에 든다. 너무나도 위계적인 이 세계에서 보기 드물게 민주적인 순간이라고나 할까.

줄 맞추기의 미학

경복궁에서 수문장 교대 의식을 보았다. 성문이 있으니 우리도 영국 근위병 교대식 같은 것 좀 가져 보자고 만든 관광 상품이다. 한 무리의 병사들이 성문을 지키고 있으면 저 멀리서 교대 병사들이 입장한다. 악대가 연주하며 앞장서고 여러 가지 색깔의 깃발을 든 병사들이 열을 맞춰 따라온다. 두 팀의 수문장이 지휘봉과 패를 서로에게 보여 주며 신분을 확인하고 구호를 외치면 병사들이 교대한다. 일상적인 신분 확인과 위치 교대를 볼거리로 만드는 건 조선시대 왕실 행렬도에서 나온 듯한 화려한 복장의 병사들이 엄숙하게 줄을 맞춰 절도 있게 움직이는 모습 때문일 테다.

그런데 함께 보던 무용과 대학원생들의 반응이 영 시원치 않다. 이들이 누군가. 냉장고 속 음료수를 줄 세워 놓고 뽀로로 인형의 짧은 목을 길게 늘려 주는 이들이다. 몸의 바른 정렬과 섬세한 움직임에 예민한 이들이 감탄하기엔 병사들의 구부정한 자세, 움찔거리는 얼굴과 무의식적인 버릇들이 눈에 걸렸다. 깃발의 각도가 안 맞고, 줄의 간격이 일정하지 않으며, 한 박자씩 늦는 사람이 꼭 있었다. 줄 맞추기는 의외로 어렵다. 위엄 있게 줄 맞춰 걷기는 몸과 마음을 오래 단련해야 만들어진다. 팔의 각도, 다리의 높이까지 맞춰 걷는 군대 행진인 구스 스텝이 감탄스러운 것도 이런 이유에서다. 대칭과 균형, 조화의 원리에 따라 늘어선 인간의 몸은 소박하게 장엄하다.

고전 발레는 줄 맞추기의 예술이다. 발레가 러시아에 처음 소개될 때 군사 훈련의 일환으로 도입되었다는 걸 상기하면, 줄 맞추기와 고전 발레의 DNA가 상통함을 납득할 수 있다. 발레단에서 코르 드 발레는 줄 맞추기의 달인이다. 군무 리허설의 메커니즘은 독무 리허설과는 전혀 다르다. 여기선 개인의 기량을 다듬는 것이 아니라 전체가 하나처럼 움직이기 위해 미세하게 약속하고 조율해 나가는 과정이다. 오랜 훈련으로 단련된 하나하나의 몸, 이들이 모여 만들어 내는 통일성이 주는 쾌감이란 머릿수에서 오지 않는다.

내게 줄 맞추기의 미학을 가르쳐 주신 분은 어떤 안무가나 발레 마스터도 아닌, 유니버설 발레단 문훈숙 단장님의 아버지인 고 박보희 한국문화재단 총재님이셨다. 총재님은 발레단의 중요한 공연을 앞두고 가끔 방문하셨는데, 꼭 군무 무용수들을 모아 놓고 말씀하셨다. "발레의 생명은 군무이고, 군무의 생명은 line, interval, timing입니다. 기억하세요." 군무 리허설을 하다 보면 숱한 시행착오와 연습 끝에 터득하게 되는 원칙이라 할 수 있지만, 총재님처럼 명료하게 말로 설명해 준 이는 없었다. 발레단의 일상은 계단이 폐쇄된 건물처럼 층층이 따로 돌아가지만 총재님은 군무가 만들어 내는 아름다움과 숭고함을 개인의 기량 위로 부각시켰다.

앞사람, 혹은 옆 사람과 줄을 맞추는 것이 line, 줄과 줄의 간격을 일정하게 유지하는 것이 interval, 그리고 칼 군무처럼 동작의 시간을 맞추는 것이 timing이다. line은 가장 직관적인 아름다움이다. 직선은 매끈하고 거침없으며 명쾌하다. line은 무대에서 비교적 쉽게 구현된다. 무대에 가로로 깔아 둔 고무판의 이음선이 유용한 기준이 되는 데다, 군무가 중요하게 사용하는 사선이나 대형은 바닥에 얇은 테이프로 표시해 두기 때문이다. 발바닥 중앙으로 선을 딛고 서면 정교하게 맞출 수 있다.

timing은 공간이 아닌 시간적인 일치성이다. 주어진 박자에 따라 동작을 시작하고 끝낸다. 하지만 박자를 얼마나 날카롭게 나누어 사용하느냐에 따라 진폭은 커진다. 박자의 시작점에 동작을 시작하느냐 혹은 끝내느냐에 따라 완전히 달라지기 때문이다. 모두가 같은 박자에 같은 동작을 행하지만 어수선해 보일 수도, 숨죽이게 할 수도 있다. 그래서 timing은 개개인의 내적인 리듬과 호흡이 전체와 맞아떨어질 때 완성된다.

interval은 구현하기가 가장 어렵다. 보통 군무의 주요 대형은 무대 밟기(spacing) 단계에서 정한다. 여러 줄로 늘어선 군무 대형은 중앙의 비상구 불빛을 기준으로 객석 의자와 복도 등의 기준점을 잡아 서로의 위치를 결정한다. 군무의 첫줄에 서는 무용수는 interval을 결정하기에 책임이 크다. 이렇게 미리 정하고 시작한다 하더라도 춤추다 보면 대형이 시시각각 달라진다. 네댓 명의 무용수가 한 줄로 춤출 때 관객들에겐 한눈에 보이지만 무용수들은 서로를 볼 수 없다. 절대적인 기준점이 사라지고 무용수 간의 상대적인 관계가 중요해진다. 변화무쌍하게 움직이면서 무용수와 무용수가 적절한 간격을 유지하는 것은 경험을 통해 습득되는 감각이자 연륜의 힘이다.

line, interval, timing으로 단련된 코르 드 발레는 다른 사람들과 공존하는 감각이 고도로 발달된 존재들이다. 그들은 자신의 몸의 위치, 손끝과 발끝이 가 닿는 범위, 자신과 타인의 공간적, 시간적 관계에 대해 알아차리고 미리 조율할 수 있다. 마치 복잡한 8차선 고속도로 위에서 앞차의 속도에 일일이 반응하여 가다 서기를 반복하기보다는 전체적인 차량의 흐름을 몸으로 감지하며 매끄럽게 속도를 제어하는, 옆 차와 그 앞뒤 차의 흐름을 읽어 내며 부드럽게 차선을 변경하는 노련한 운전자처럼 말이다.

솔리스트의 성취가 부각되는 무대 위에선 코르 드 발레가 단련해 온 줄 맞추기의 미학은 간과되기 일쑤다. 발레뿐

이랴. 내 목소리를 내는 일이 남을 배려하는 일보다 우선시되는 사회에서도 마찬가지이다. 코로나 바이러스로 인해 '사회적 거리두기'가 새로운 삶의 방식이 되면서 자신과 타인이 공존하기 위한 안무를 행해야 하는 시대가 되었다. 불규칙하게 흐르는 인파 속에서 유연하고도 경쾌하게 존재하기 위해 모두가 코르 드 발레가 되어야 한다.

정상에서 버티는 힘

스베틀라나 자하로바가 한국에 왔을 때의 일이다. 자하로바는 18세에 러시아 마린스키 발레단의 주역 무용수가 되어 불혹의 나이가 되도록 세계적으로 활약하는 슈퍼스타 발레리나이다. 그녀를 보면 유난히 긴 팔다리에 놀라게 되고, 완벽에 가까운 테크닉에 경탄하며, 20년도 넘게–심지어 아이를 낳고서도–흔들림 없다는 점에서 존경하게 된다. 챔피언이 되는 것보다 타이틀 방어전이 더 힘든 법이다. 나는 그녀가 어린 나이에 스타로 떠오른 '신데렐라 스토리'보다도 정상에서 끈질기게 버티는 힘이 무엇인지 궁금했다.

그런데 공연이 시작되기도 전에 그 비결을 짐작할 수 있었다. 유니버설 발레단의 〈라 바야데르〉 공연에 게스트 아티스트로 참여한 그녀는 리허설에서 조명과 템포, 각종 무대 사인을 꼼꼼하게 맞추었을 뿐 아니라 헤어와 메이크업을 위한 분장사를 직접 데려오고 무대 의상과 자질구레한 소품까지도 준비해 왔다는 것이다. 세 시간에 달하는 공연이니 연기와 춤의 강약을 조절하기 마련이건만, 그녀는 매 순간 온몸으로 춤췄다. 심지어 공연 후 수없이 반복된 커튼콜의 인사마저도 손끝까지 에너지를 내뿜었다. 발레 무용수는 워낙 금욕에 가까울 정도로 성실한 생활에 익숙한 이들이다. 하지만 더 이상 오를 곳이 없어 보이는 이가 매번 정성을 다하는 모습은 놀랍다.

자하로바와 서면 인터뷰를 할 기회가 있었다. 해외 인터뷰 자료를 모아 읽어 보니 흥미로운 점이 있었다. 각국의 기자들은 자기 나라에 대한 인상을 물었지만 자하로바는 겸손하게 극장과 숙소만 다니느라 제대로 볼 기회가 없었다고 답했다. 전 세계를 오가며 활동하는 그녀에게 최우선의 임무는 자기 컨디션을 잘 관리하여 최선의 공연을 선보이는 것. 그러니 구경하고 싶은 마음, 놀고 싶은 마음을 모두 미뤄 두고 푹 자고 연습실로 향한다는 것이다.

무라카미 하루키도 소설가라는 직업에 대해서 비슷하게 말했다. 링에 오르기는 쉬워도 거기서 오래 버티는 건 쉽지 않다고. 각광을 받으며 등단하기는 쉽지만 몸에 깊숙이 밴 성실함과 강인함이 없으면 끈질기게 버티어 내기 힘들다는 뜻일 것이다. 명석함보다도 지구력을 갖춘 이가 '소설가로서의 유통 기한'을 뛰어넘어 살아남는다고 했다.

끝이 정해진 목표를 향해 노력하는 건 생각보다 쉽다. 대학 입시도, 콩쿠르도, 시험도 어쨌든 견디어 내지 않는가. 그러나 목표를 이룬 후에도 지치거나 흔들리지 않고 꾸준히 나아가는 것은 어렵다. 지난밤에 갈채를 받고서도 아침이면 모두 무너뜨리고 연습실로 돌아와 첫 블록부터 차근차근 쌓아 올릴 수 있는 이가 정상에서의 나태함과 불안함을 이겨 낸다.

초심을 잃기 쉬운 건 무용수만이 아니다. 작품도 장기 공연을 하다 보면 빛 바래기 쉽다. 몇 달씩, 때론 몇 년씩 지속되는 공연을 매일 밤 가슴 두근거리게 만들려면 상당히 큰 노력이 필요하다. 발레계에서 보기 드문 히트작인 매슈 본의 〈백조의 호수〉를 생각해 보자. 남자 백조들이 등장하는 이 작품은 1995년에 초연한 이래 아직까지도 전 세계에서 공연되고 있다. 언젠가 무용 비평가와 매슈 본의 대담을 구경한 적이 있는데, 비평가는 본에게 수년 동안 같은 작품을 공연해 오면서 어떻게 그 초심을 유지하냐고 질문했다. 무용단의 생리에 대해 잘 알지 않으면 나올 수 없는 질문이라는 생각이 들었다. 이에 본은 여러 국가에서 수십 번을 공연하다 보면 타성에 젖기 쉽다고, 그래서 작품을 착상하게 된 배경과 의도에 대해 단원들과 정기적으로 이야기를 나누며 초연의 설렘과 떨림을 유지하려고 노력했다고 답했다. 그래, 누군가는 무대에 한 번 서려고 노력하지만 누군가는 그 무대 위에서 변치 않으려고 끝없이 노력한다.

발레단이 가장 나태해질 수 있는 작품은 〈호두까기 인형〉이다. 나태함이라니 얼마나 발레와 안 어울리는지. 평소의 공연은 몇 달을 연습하고도 기껏해야 일주일 안팎으로 마무리되니 늘 아쉽다. 하지만 〈호두까기 인형〉은 매년 연말이면 두어 달을 매일같이 공연하는 데다 테크닉적으로 아주 어렵지 않으니 나태함이 스며들기 쉽다. 그럴 때마다 단장님은 무용수들을 모아 놓고 이야기하시곤 했다. "여러분은 어제도, 그제도, 몇 주 동안 해 온 작품이지만 오늘 올 관객 중에는 발레를 난생처음 보는 분들도 있어요. 그러니 초심을 잃지 말고 최선을 다해 주세요." 무대에서 복화술로 농담 나누던 무용수들이 화들짝 정신을 가다듬게 되는 한마디다.

프로의 정신은 너무 떨거나, 너무 큰 의미를 부여하거나, 쉽사리 나태해지지 않으면서 매번 최선을 다하는 것이다. 정말 도달하기 어려운 경지이다.

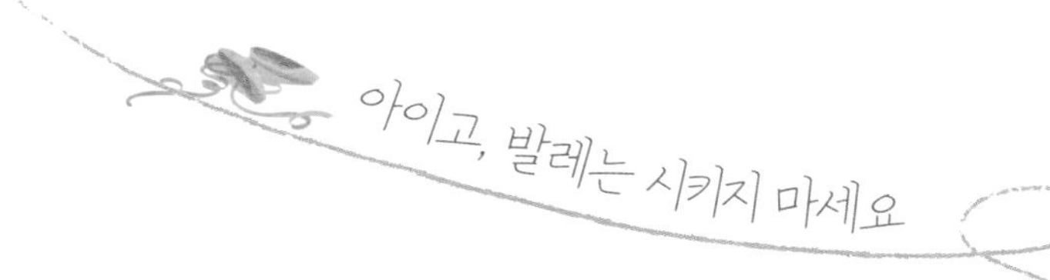

아이고, 발레는 시키지 마세요

둘째 딸은 노래하는 걸 좋아한다. 음악엔 젬병인 내가 듣기에도 음색이 곱고 음정이 정확하다. 이게 이 아이의 재능일까 싶었다. 어느 날 동네 엄마들끼리 모여 수다를 떨다가 노래하기에 대한 이야기를 꺼내자 노래를 좋아한다는 다른 아이의 엄마가 같이 노래 수업을 받게 해 주자고 제안했다. '어디서 어떤 선생님을 알아보아야 하나.', '혹시라도 노래를 전공하는 게 아닐까.' 하고 앞서 나가다 보니 다른 엄마가 대뜸 "아이고, 음악 시키지 마세요."라며 손사래를 쳤다. 피아노를 전공한 엄마의 말씀이다. "음악은 어려서부터 경쟁이 너무 치열하고 평생 고달파요.", "맞아요, 맞아." 다들 맞장구를 치자 이야기는 어느덧 미술로 옮겨 갔다. 동네 미술 학원 선생님들의 인품과 가르치는 스타일, 공간과 재료에 대해 품평이 오가다 보니 그 자리에 있던 엄마들 중에 미술 전공자가 무려 세 명이다. "우아, 멋져요!"라고 건네자 모두 "아이고, 미술 시키지 마세요."라고 외치고, 나는 "아이고, 발레야말로 시키지 마세요."라고 화답한다. '취미로선 좋지만 전공은 반댈세.'의 돌림노래. 모두 제 분야의 쓴맛을 잘 알기에 건네는 농담이다. 하물며 내 아이가 내 분야를 이어 간다면 어떨까. 반대해야 하나, 밀어 줘야 하나.

예체능계엔 한 분야에서 대를 이어 가는 이들이 종종 있다. 허재의 아들이 농구 하고, 차범근의 아들이 축구 하고, 우즈의 아들이 골프를 한다. 무용계에도 부모에서 자식으로, 때론 손주까지 이어지는 가계도가 있다. 19세기 낭만 발레의 대표적인 발레리나인 마리 탈리오니의 집안이 그렇다. 무려 4대에 걸친 무용가 집안으로, 마리 탈리오니의 입장에서 보면 할아버지, 아버지와 어머니, 남동생과 제부, 삼촌과 조카들까지 발레 무용수였다(심지어 이름들도 마리와 폴이 반복되며 헷갈리게 한다). 그녀가 당대 유럽과 미국, 러시아까지

주름잡던 발레 스타가 된 것은 세포 깊숙이 박힌 춤의 유전자 때문일까, 아니면 가문의 인맥이라는 유리한 조건 때문일까. 전자는 확인할 수 없지만 후자는 일부 사실이다. 체격도 실력도 좋지 못했던 마리는 아버지에게 특별 훈련을 받아 기량을 끌어 올렸고, 유명한 안무가였던 아버지의 초연작마다 주인공으로 출연하며 스타가 되었다. 여기에 혈통이라는 배경까지 겹쳐지면 감히 대적하기 어렵다. 성골(聖骨) 발레리나. 그녀가 자기보다 박수를 더 많이 받은 남자 파트너를 해고할 정도로 까탈스러웠다는 사실이 놀랍지 않다.

대를 이어 가는 이들에게선 자랑스러움과 자연스러움이 배어 나온다. 걸음마를 떼기 전부터 무용실을 기어 다니고 장구 소리를 듣고 축구공으로 놀고 피아노 소리를 몸에 익힌 이들에겐 자기도 모르는 맷집이 쌓인다. 머리가 크고 나서 낯선 분야에 뛰어든 나는 그들의 풍요로움이 부러웠다. 그들에겐 열려 있는 연습실이, 먼지 쌓인 책과 잡지와 CD와 소도구들이, 적절한 때에 적절한 조언을 주는 부모님이, 그리고 전화 한 통이면 연결되는 좋은 선생님과 조언자가 있었다. 두툼한 받침대 위에서 시작하는 듯 보였던 여유로움이 그들에겐 있었고, 무엇보다도 '아' 하면 '어' 하고 받아칠 부모님과의 깊은 공감대가 있었다. 내가 피곤해하며 집에 오면 안쓰러워하며 다리를 주물러 주거나 그저 '열심히 해라.', '아이고, 힘들지.' 정도 건네던 내 부모님과는 얼마나 차원이 다른가.

그러나 가족이 한 분야를 나눈다는 건 쉽지 않은 일이다. 심지어 부모 자식 관계라면 더욱 그러하다. 부모보다 자식이 뛰어난 청출어람이라면 낫다. 부모가 자식을 통해 대리 만족 하거니와 자식을 잘 키워 낸 스승, 코치, 멘토로서 사회적으로 인정받으니까. 그런데 반대의 경우는 좀 문제다. 늘 부모와 비교당하고 부모를 따라잡는 것이 목표가 되어 버리는 삶은 숨 막힌다. '너희 아버지는 대단했지. 아버지만큼만 해라.', '네 엄마는 안 그랬는데.'라는 말들은 가슴을 짓누른다. 부모가 꼭 좋은 조언자나 조력자인 법도 없다. 자기만의 방식을 강요하거나 윽박지르다 못해 가족의 의미마저 상하기 마련이다.

첫째 딸이 초등학교 저학년일 때 잠시 발레를 전공해 볼

LOVE

까 시도한 적이 있다. 취미로 띄엄띄엄 배우던 중 강한 흥미를 보였을 때였다. 유연하고 활동적인 데다 창의적인 아이이니 좋은 무용가가 될 수도 있겠다 싶었다. 내 인맥을 뒤져 잘 가르친다고 소문난 지인에게 데려갔다. 엄마가 전공자이니 적절한 때에 적절한 자극을 줄 수 있다며 뿌듯해했다. '엄마는 자식의 재능을 찾아내는 사람이지, 내 분야라면 더욱.' 그러나 아이는 몇 주 지나지 않아 이내 발레를 그만두었다. 왜 그랬을까. 전공의 길에 들어선 순간, 상황이 달라졌기 때문이다. 마냥 친절하던 엄마의 지인이 선생님이 되는 순간 엄격해지고, 수업도 힘든 데다 집에서 해야 할 운동 숙제도 생겼고, 일상생활에서도 온갖 제약과 규칙이 늘었으며, 발레를 우선순위에 두면서 많은 것들을 절제하도록 떠밀렸기 때문이다. 취미의 길과 전공의 길이 이렇게 다르다는 걸 깨달은 아이는 뒤도 돌아보지 않고 떠났다. 나는 아쉬운 한편 안도했다. 그래, 전공은 고달프니까.

그런데 돌이켜 보면 아이가 발레를 접은 데에는 엄마의 압력도 작용했을 것이다. 아이가 전공 수업을 시작한 때부터 나는 아이의 모든 것이 사사건건 거슬렸다. 왜 영양가는 없고 살만 찌는 간식을 자꾸 먹으려 하지? 왜 밥상에서 늘 구부정하게 앉아 있지? 그러니까 발레 할 때에도 어깨가 말려 있잖아! 왜 스트레칭과 복근 운동은 선생님이 하라는 대로 하지 않지? 수업만 한다고 해서 실력이 느는 게 아니야, 기초 운동이 중요해. 왜 수업 시간에 집중하지 못하지? 선생님이 가르쳐 주시면 기억해야지. 왜 안 늘지? 왜 더 잘하려고 한 번이라도 더 연습하지 않지? 평소에 학교 공부에 대해선 느슨했던 내가 발레에 대해선 아이를 숨 쉴 틈 없이 몰아붙이고 있었다. 내가 24시간 발레만 생각하며 커온 것도 아니면서 나는 그걸 아이에게 강요하고 있었다. 자식을 자식으로 품기보다 나의 프로젝트로 대했던 것이다. 아, 대를 이으며 무언가를 한다는 건 남보다 한발 앞서 나가는 것이기도 하지만 남들은 디디지 않는 늪을 건너가는 것이기도 하겠구나.

아이가 어릴 때 직접 한글이나 숫자 셈하기를 가르치려다 폭발해 본 경험이 있는 부모라면 어렴풋이 짐작할 것이다. 부모의 자리란 자신이 조금 낫다고 해서, 혹은 자신이 먼저 거쳐 왔다고 해서 아이에게 권위를 휘두르기 좋은 위치라는 것을. 전공을 대물림한다는 건 선생님 혹은 상사와 함께 사는 것과 비슷한 듯하다. 이러한 관계에서 서로에 대한 평가나 부담감 없이 온 마음으로 응원하고 아껴 주는 관계를 유지하기란 쉽지 않다. 그러고 보면 그저 정성껏 밥을 차려 주시고 다리를 주물러 주시던 나의 엄마 아빠 역시 충분히 좋은 조력자였다.

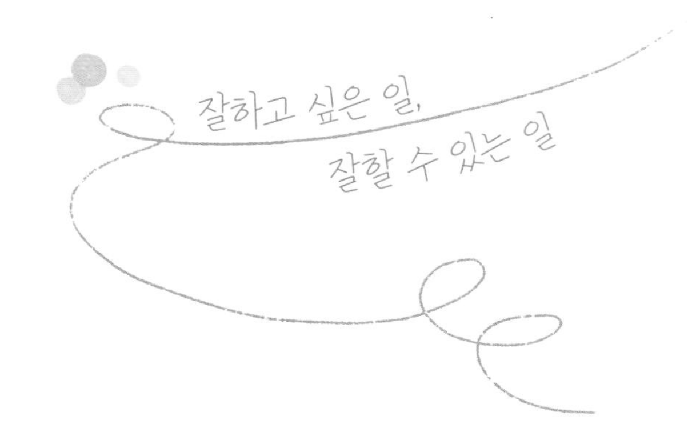

잘하고 싶은 일, 잘할 수 있는 일

두 딸이 좋아하는 캐릭터 무민을 보러 원화전에 갔다가 가슴이 저렸다. 무민의 원작자인 토베 얀손에 대한 설명을 읽다 보니 무민은 그녀의 작품 세계 중 일부일 뿐이라는 것, 무민이 인기를 끌수록 자신의 작업에 제약을 받아 힘들어했다는 걸 알게 된 것이다. 결국 얀손은 만화 작업을 완전히 그만두고 미술 작업에 몰두했지만 사람들은 끊임없이 무민만을 원했다고 한다. 무민의 성공이 부러운 사람들은 무민을 버리고 자꾸 다른 길로 가려는 얀손을 미련하다고, 어리석다고 생각했을 것이다. 하지만 얀손이 느꼈을 답답함 역시 그려졌다. 죽어서까지 '토베 얀손=무민'의 굴레를 벗어나지 못했으니……. 아무리 신곡을 발표해도 20년 전 히트곡만 주야장천 불러야 하는 가수가 느낄 고통이 느껴진다.

잘하고 싶은 일과 잘할 수 있는 일이 일치하기란 쉽지 않다. 재능과 욕망, 우연과 기회는 서로 다르게 조합되고 엇갈리며 가슴 아픈 드라마를 만들어 낸다. 춤추는 사람들은 그저 춤이 좋아서 무용수가 되고 싶어 한다. 어린 나이에는 무대에서 빛나는 사람만 눈에 들어오기도 하는데다 그것이 성공의 유일한 길이라고 여긴다. 하지만 춤으로 먹고살 수 있는 무용수가 되는 건 극히 일부이거니와 무용수로 성공하더라도 은퇴가 빠른 게 문제다. 이 논리라면 가장 좋은 조합은 무용수로 활약하다가 지도자나 안무가가 되어 인정받는 것. 하지만 몇 명이나 그런 인생을 살까.

수년 전에 무용 사전을 번역하는 아르바이트를 한 적이 있다. 말 그대로 '사전'에 등장하는 위대한 인물들의 일생을 훑어보다 보니 자기 재능을 맘껏 펼치고 살았던 사람이 생각보다 별로 없었다. 가히 꽃길만 걸었다고 평가할 만한 사람은 마리우스 프티파, 엔리코 체케티 정도. 발레의 대표작인 〈백조의 호수〉와 〈호두까기 인형〉을 만든 프티파. 프랑스인인 그가 러시아에서 최고 안무가로 50년간 활동하면서도

Abraham
Lincoln

러시아어를 배우지 않고 프랑스어만 고집하는 바람에 발레 용어가 프랑스어로 굳어졌다는 말이 있을 정도다. 무용수이자 교육자였던 체케티의 일화는 한술 더 뜬다. 안나 파블로바나 바츨라프 니진스키 같은 전설적인 무용수들을 모아 신생 발레단을 만들어 해외 공연을 가려는데, 그들이 체케티 선생님의 아침 수업을 빼먹을 수 없다고 주장하는 바람에 그를 발레 마스터로 모셔 갔다고 한다. 이런 인생을 사는 건 어떤 기분일까? 재능을 남김없이 쏟아 내고 생전에 충분히 인정받았으며 죽어서는 전설이 된 삶.

무용수 시절에 주목받지 못하거나 부상으로 꿈을 접어야 했어도 교육자나 안무가로 변신하여 성공하는 삶도 괜찮다. 스무 살이 되어서야 발레를 시작하겠다고 찾아온 청년이 있다면 누가 그에게 큰 기대를 걸었겠는가. 그런데 부모의 반대로 한참이나 늦게 입문한, 실력도 변변찮던 그 무용수는 영국의 대표적인 발레 안무가가 되었다. 프레더릭 애슈턴이다. 일단 성공했으니, 그의 미약한 시작은 창대한 끝을 더욱 빛내 주는 드라마가 된다. 어째 어린이용 위인 전기의 문법과 닮았다.

그러고 보니 꿈이 자꾸만 바뀌는 둘째 딸이 언젠가 말했던 인생 계획이 생각난다. 자긴 건축가가 꿈이지만 건축가가 되기 전에 '별로 안 유명한 화가'로 활동하겠다고 한다. 처음부터 건축가로 성공해 버리면 너무 싱겁게 느껴진 걸까. 하지만 고난과 역경을 딛고 위인이 되었다는 해피엔딩 스토리는 잔인하다. 성공한 자의 실패담만이 기억되는 법이니까.

잘하고 싶은 일과 잘할 수 있는 일이 일치하지 않을 때 개인의 내면은 갈기갈기 찢어진다. 제롬 로빈스가 그렇다. 유대계 미국인 안무가였던 그는 대중적인 춤 양식을 섭렵하여 자기만의 스타일로 녹여 내는 데 능통했지만(천재였다) 정작 본인은 정통 발레에 이끌렸다(진로 선택에 실패했다). 브로드웨이 뮤지컬 〈웨스트 사이드 스토리〉, 〈왕과 나〉, 〈지붕 위의 바이올린〉의 안무로 크게 성공하고서도 미련 없이 브로드웨이를 떠났다. 그리고 (더) 천재 안무가 조지 발란신이 활약하던 뉴욕 시티 발레단에 들어가 24년간 매달렸다. 로빈스는 평생 발란신의 그늘에서 벗어나지 못했다. 그의 발레 작품은 썩 괜찮았지만 발란신에 압도되어 아류작을 만들 뿐이라는 평가를 면치 못했다. 엉뚱한 곳에서 재능을 썩힌다며, 모든 이가 그를 안타까워했다. 어쩌면 그 자신도 유창한 모국어를 버리고 구태여 외국어를 습득하려 발버둥치는 이처럼 많이 좌절했으리라.

자신이 잘하고 싶은 일보다는 자신이 잘할 수 있는 일을 선택하는 게 현명한 것일까? 자신의 스펙과 깜냥을 냉정하고 객관적으로 판단하여 최선의 시나리오를 짜고 따르는 것이 바람직할까? 세상의 잣대론 실패더라도 자기가 좋아하는 걸 해 보는 건 어리석고 순진한 걸까?

언뜻 떠오르는 이가 있다. 20세기 초 발레를 현대화했다고 평가받는 러시아의 안무가 미하일 포킨은 미국으로 망명한 후 안무를 관두고 교육에 몰두했다. 이에 대해 무용비평가 존 마틴은 "마치 베토벤이 작곡을 하지 않고 피아노 레슨을 하는 것과 같다."고 일갈했다. 하지만 포킨의 자서전을 보면 그리 후회하는 것 같진 않다. 인생은 한 번이고, 제 하고 싶은 것 맘껏 해 보면 되는 게 아닐까. 재능의 낭비, 진로 선택의 오류 같은 말들은 효율과 결과를 따지는 타인의 시선일 뿐이다. '위인의 성장통'은 사후에나 붙는 수식어니까.

춤은 사치스럽다

세상엔 두 부류의 사람이 있다. 가방파와 택시파. 몇 달 동안 밥값을 아껴 갖고 싶은 가방을 사는 사람과, 피곤한 밤이면 사람들에게 부대끼지 않으려고 택시를 선뜻 타는 사람. 물건에 돈을 쓰는 사람과 경험에 돈을 쓰는 사람이다. 그 둘이 서로의 세계를 이해하기 힘든 건 매한가지지만, '사치스럽다'는 비난은 주로 두 번째 부류의 사람에게 쏟아진다. 전철과 버스를 갈아타고 조금만 걸으면 될 것을, 잠깐 몸뚱어리 편하자고 이삼만 원을 쓰다니. 그 돈만 모아도 제대로 된 가방 하나 살 수 있잖아. 그러니까 '사치스럽다'는 돈의 크기보다도 효용의 지속성으로 판단되곤 한다(오래오래

남는 가방이 최고다. 오래오래 쓸지는 그다음 문제고).

춤추는 사람은 택시파다. 택시를 타고 다니는지와는 별개로. 순간의 경험에 돈과 시간과 에너지를 쓰는 걸 이해할 수 없는 자는 춤추지 않는다. 춤은 사치스럽다. 발생하는 순간 사라진다. 춤추는 순간이 제아무리 황홀하더라도 음악이 꺼지고 움직임이 멈추면, 분명 살아 있는 느낌이 충만해지고 움직임으로 그려 낸 세계가 손에 잡힐 듯 했었는데 흔적도 없다. 신기루랄까. 허무하고 허탈하다. 열두 시 종이 울린 후 신데렐라의 마음이 그러했으리라. 다시 누더기로 변한 옷을 입고 맨발로 터덜터덜 집으로 걸어가면서 신데렐라는 좀 전에 경험한 황홀경이 꿈이었을까 곱씹어 봤을 것이다. 몸으로 느꼈던, 모든 세포가 꿈틀대는 듯한 생동감이 속절없이 휘발되어 갈 때 느끼는 허무함은 춤추는 이가 감내해야 할 운명이다.

춤을 정의하는 중요한 개념 중에 ephemerality가 있다. 흔적 없이 사라지는 속성을 말한다. 흔히 '덧없음'으로 번역된다. '덧없다'라는 말엔 부정적이고 비관적인 뉘앙스가 묻어난다. 호들갑 떨어 봤자 곧 사라지고 말 허상인데 뭘 그리 매달리느냐는 태도다. 미국 현대 무용가 머스 커닝햄은 이렇게 말했다. "춤을 사랑하지 않고서는 계속 춤출 수 없다. 춤은 아무것도 돌려주지 않는다. 보관해 둘 대본도, 벽에 전시하거나 박물관에 걸어 둘 그림도, 인쇄해서 판매할 시도 없다. 단지 살아 있음을 느끼는 찰나의 순간밖에는 아무것도 주질 못한다." 춤을 춘다는 건, 고생길이 열린다는 걸 알면서도 지독하게 힘든 연애를 시작하는 것이다. 살아 있음을 느끼는 찰나의 순간을 위해서.

춤춘다는 것은 두고두고 뿌듯하게 바라볼 성과로 치환되지 않는다. 종종 건강해지기 위해, 날씬해지기 위해, 바른 자세를 갖기 위해 춤을 추는 이들이 있다. 이들에겐 '건강하고 날씬한 몸'이 춤의 전리품인 셈이다. 상업적으론 꽤 설득력 있다. 그러나 이 전리품 역시 덧없긴 매한가지다. 하루 이틀만 게을리하면 흔적도 없이 사라지는, 모래사장에 막대로 그린 그림 같은 것이다.

춤을 전공하면서 난 늘 이런 허무함에 시달렸다. 전공자들은 밀려오는 파도와 싸우며 필사적으로 그림을 그린다. 어제 노력하여 해낸 동작이 오늘 해 보면 되지 않고, 지금 실력을 유지하는 데에도 많은 시간이 들며, 그 실력이란 하루만 쉬어도 훅훅 줄어든다. 오랜 세월 반복을 거듭하여 겨우 또렷이 새긴 테크닉, 유연성, 몸의 감각, 본능적인 반응, 맷집도 시간이 흐르면 다시 풍식되어 간다. 발레를 그만두고 딱 10년이 지나자 내 몸은 언제 그림을 새긴 적 있냐는 듯 파도에 말끔히 닦인 모래사장으로 돌아갔다.

며칠 전 친정아버지가 집 정리를 하시다가 내 춤이 담긴 동영상을 찾았다며 보내 주었다. 낡은 VHS 플레이어를 버리기 전에 TV로 틀어 놓고 핸드폰으로 찍어 보내신 거다. 무용 학원에서의 첫 발표회, 초등학교 4학년 때부터 대학생 때까지의 콩쿠르 등을 VHS 테이프로 담아 둔 영상이었다. 〈파랑새〉, 〈파키타〉, 〈흑조〉, 〈에스메랄다〉……. 수천 번 연습했던 그 춤들은 아직도 생생히 내 몸에 남아 있지만, 성근 픽셀 속 춤이 벌써 낯설었다. 내가 저렇게 춤췄던가? 내 몸이 기억하는 춤과 화면 속 어린 내가 추는 춤은 묘하게 어긋났다. VHS 테이프가 속절없이 부식되어 가듯 내 춤의 기억도 풍화되어 갔다. 허무하다는 건 춤을 붙들려고 노력했기 때문이다. 나의 경력, 나의 스펙, 나의 추억으로 박제하려면 할수록 내 춤은 희미해져 갔다.

춤이 사치스러운 건 그저 그 순간에 존재하기 때문이다. 춤춘다는 것은 과거의 후회나 미래의 두려움에 얽매이지 않는 것이요, 잃을 것과 얻을 것을 꼼꼼히 따져 묻는 계산법에서 벗어나는 것이다. 춤으로 뭔가를 새기려면 너무 큰 노력이 필요하다. 투자 대비 효용에 민감한 이들은 일찌감치 춤에서 도망쳤다. 이 분야는 수지타산이 당최 맞질 않아.

은퇴한 이들이 춤을 배우는 것도 이렇게 해석될 수 있다. 지금껏 세상의 셈법에 따라 살았으니 이젠 나 자신에게 충실하고 싶고, 밖으로 향하던 시선을 내면으로 돌려 스스로가 하는 말에 귀 기울이고 배려하고 싶다. 뭐라도 이루려고 너무 애쓰지 말고 모든 게 흐르는 대로 받아들이며 즐기고 싶다. 성취와 성과와 스펙에 허덕이며 살던 이들에게, 아무것도 쌓지 않고 살아 내는 춤은 진정 사치인 셈이다.

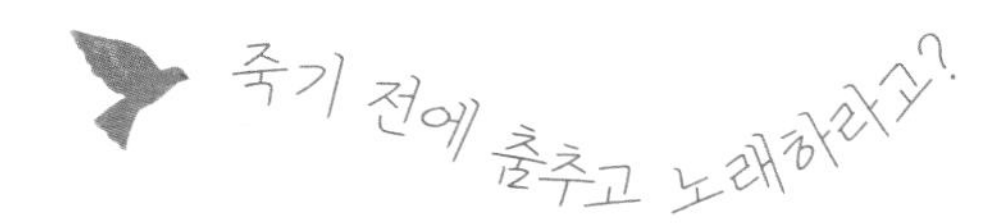

춤을 찬양하는 잠언들이 있다. 대표적인 게 바로 아래의 시.

춤추라
아무도 보지 않은 것처럼

사랑하라
한 번도 상처받지 않은 것처럼

노래하라
아무도 듣지 않은 것처럼

일하라
돈이 필요하지 않은 것처럼

살아라
오늘이 마지막 날인 것처럼

저자가 알프레드 디 수자라고도 하고 마크 트웨인이라고도 하는데, 영어 원문도 제각각인 걸로 보아 구전시라 할 법하다. 지금도 캘리그래피 연습용, 책갈피용, 화장실 문짝용, 혹은 머그컵용 잠언계의 왕좌를 지키고 있다. 드라마 〈내 이름은 김삼순〉에서는 주인공 김삼순이 삶의 바닥을 쳤을 때 우연히 버스 정류장 광고판에 쓰인 시를 읽으며 눈물을 흘린다. 감동하시오! 인생의 전환점입니다! 두둥. 춤추라! 사랑하라! 노래하라! 일하라! 살아라! 얼마나 (낯간지럽고도) 근사한 말인가.

그런데 말입니다. 춤추는 걸 누가 좀 보면 어떤가. 누가 보기라도 하면 온몸이 굳어 버리고 부끄럽고 그만두고 싶다는 건가. 그게 당연한가. 비슷한 논리로 '노래하라 아무도 듣지 않은 것처럼'이 나오는 걸로 보아 미상의 작가가 특별

히 춤을 비하한 건 아닌 것 같다. 오히려 '살아 있음', '행복', '현재에 충실하기', '자신에게 솔직하기'의 은유로 춤을 찬양했다. 그러나 나는 누가 보지 않아야 비로소 편하게 춤을 출 수 있다는 전제가 못내 거슬린다.

비가 온다고 그 비가 지나가길 마냥 기다리면서
인생을 허비하지 마세요
빗속에서도 춤을 추고 노래를 부르며
비가 지나가기를 기다리세요

역시 작자 미상의 잠언. 표현은 달라도 의미는 같다.

춤은 버킷 리스트의 단골 아이템이다. 댄 펜웰이라는 잠언 작가가 쓴 〈죽기 전에 꼭 해야 할 88가지〉라는 책이 있다. 원제가 〈101 Things to Do in the Year 2000〉(1999)인 걸 보면 밀레니얼 맞이용으로 가볍게 나온 책인 모양인데, 국내에선 '죽음을 기억하며(메멘토 모리) 인생을 돌아보는 잠언록'으로 20년째 인기다. 88개의 목록 중 하나가 '댄스 강좌에 등록하라.' (음악 분과로는 '악기를 하나 배워라'와 '연주회 티켓을 네 장 구입하라'가 있다.) 뭘 댄스 강좌에 등록하는데 죽음까지 생각해야 하나. 남의 눈 의식해서 용기 내지 못하고, 화창한 날엔 생각나지 않고, 평소 해야 할 일의 리스트에는 낄 수 없는 신세인 춤. 춤이라곤 춰 본 적 없는 이들의 찬사가 공허하다.

춤에 있어 넘사벽 잠언가로 해블록 엘리스(Havelock Ellis)를 들 수 있다. 영국의 의학자이자 성과학자인, 역시나 춤이라곤 춰 본 적 없는 그가 쓴 〈생명의 춤〉(1923)에는 춤에 대해 생각해 낼 수 있는 모든 찬사가 들어 있다. "Dancing is the loftiest, the most moving, the most beautiful of the arts, because it is no mere translation or abstraction from life; it is life itself." 번역해 보자면 이렇다. "춤은 가장 고결하고, 가장 감동적이며, 가장 아름다운 예술이다. 왜냐하면 삶을 단지 번역하거나 추상화한 게 아니기 때문이다. 춤은 삶 그 자체다." 가장 고결하다니, 가장 감동적이라니, 게다가 예술 중에서 가장 아름답다니! "춤추는 건 세상의 우주적 섭리에 참여하는 것"이라고도 했다. 과연 당대 최고의 무용가들이 앞뒤 안 가리고 자기 만트라로 삼을 만하다.

춤에 대한 찬사로 가득 찬 이 책에서 가장 낭만적으로 인용되는 건 다음의 '카더라 통신'이다.

아주 먼 옛날, 원시 사회에서 부족과 부족이 처음 만났을 때 서로에게 건네던 최초의 질문이 뭐였는지 아세요? "너넨 무슨 춤을 가지고 있니?"였대요. 대화를 나눌 때든 관계를 맺을 때든 춤은 시작이자 끝인 거죠.

내가 번역한 말이 아니다. 2018년도에 국립현대무용단이 〈댄서 하우스〉라는 기획 공연을 했을 때 출연한 스트릿 댄서 서일영이 한 말이다. 아프리카 반투 부족에 대한 이 이야기는 엘리스의 책에서부터 인용을 거듭하며 떠돌았다.

사실은 엘리스가 잘못 인용하여 왜곡시킨 이야기로, 90년대 무용학자가 이를 신랄하게 비판하는 논문을 쓴 바 있음에도 계속 떠돌다가 한국에 상륙했다. 엘리스 자신이 그러했듯 춤엔 도통 문외한이지만 괜히 감동받을 준비가 되어 있는 사람들이 있는 한, 그리고 자기 분야를 옹호하고픈 무용가들이 있는 한, '춤이 삶이고 삶이 춤'이라는 식의 잠언은 영원히 힘을 잃지 않고 우리 곁을 배회할 테지.

오랫동안 무용을 전공해 오면서 나는 춤에 대한 허풍스러운 찬사(니체는 '나는 춤을 출 줄 아는 신만을 믿는다.'고 했다지.)에 으쓱할 때보다 불쑥불쑥 꽂히는 멸시에 진저리 칠 때가 많았다. 여덟 살에 무용 학원을 다닐 때부터 명절에 친척 집에 가면 어른들은 "다리 한번 찢어 봐라."고 하곤 했다. 어린 나이에도 난 어른들이 훅 뱉는 말이 싫어 끝내 하지 않았다. 내가 땀 흘리며 노력하는 게 겨우 다리 찢기인가. 고등학교 땐 무용부 친구들이 함께 자율 학습을 빼먹었다는 이유로 교무부장 선생님께 혼난 적이 있다. 그런데 선생님이 "느그들은 느그 이름 한자로 쓸 줄이나 아나?"라고 하는 게 아닌가? 고개 숙이고 혼나던 와중에도 참을 수 없었던 나는 당돌하게도 "우리가 잘못한 것과는 별개로, 우리를 인간으로서 무시하지는 말아 달라."고 말했다. 선생님은 바로 사과하시고 친구들은 서러움에 울었다. 그때 선생님이 우리에게 사과했던 이유는 내가 '무용하는 애인데 의외로' 성적이 좋았기 때문임을 알고 있다. 성적이 곧 권력인 인문계 고등학교에서, 내게는 발언권이 있음을, 상대적으로 성적이 나쁜 친구들에게는 발언권이 없음을, 그래서 내가 총대 메고 항의할 수 있음을 난 알고 있었다.

여러 가지 춤 장르 중에서도 발레는 평판이 좋다. 왠지 우아하고, 고급스럽고, 역사와 전통이 있어 보인다. 사람들은 발레라는 기호를 흠모하고 부러워하고 내세우고 싶어 한다. 그중에서도 발레리나에 대한 세상의 찬사는 너그럽다. 럭셔리 잡지의 화보, 아파트나 은행 광고, 문화가 산책 코너, 노래와 그림, 귀금속 브랜드, 팬시 문구 디자인에서 발레리나를 쉽게 만날 수 있다. 하지만 발레 무용수는 일상에서 냉소와 혐오로 가득한 시선을 대면하곤 한다. '시집은 잘 가겠다만 번듯한 직업은 아니군.', '공주병에 사치스러울 거야.', '머리 나빠서 공부 못했구나?', '집에 돈이 많았나 보네.', '남자 여자가 몸을 맞부딪치고 춤추면 사생활도 문란한 것 아냐?', '발레 하는 남자는 어딘가 남자답지 못할 것 같아.' 내 자식이 한다고 나서지만 않는다면 얼마든지 흠모할 수 있달까. 〈빌리 엘리어트〉의 아빠와 형처럼 말이다.

그래서 '죽기 전에 춤추고 노래하라.' 유의 잠언이 달갑지 않다. 맛있다는 식당에 가 보듯, 최신 가요 스트리밍 켜 보듯, 그렇게 별 생각 없이 춤추는 세상이 백 배, 천 배 낫다.
잠언 생산자들이여, 남보고 춤추라 하지 말고 먼저 춤추라.
하나 더, 비장하게 춤추지 말라.

초등학생인 두 딸이 즐겨 보는 넷플릭스 프로그램 〈파티셰를 잡아라(Nailed It)〉는 재능 없음(그리고 이를 대하는 태도)에 대한 쇼다. 아마추어 참가자들이 디저트 케이크를 만드는 대결인데, 미션은 너무 어렵고 참가자의 수준은 너무 낮다. 파티셰가 현란한 기술로 몇 시간에 걸쳐 만든 정교한 케이크들, 그러니까 남극의 동물들이 스키를 타며 내려오는 눈 덮인 산, 선물이 가득한 상자와 공중에 매달린 컵 따위를 만드는 게 미션이라면 참가자들은 '누가 누가 못하나'를 겨루듯 고군분투한다. 반죽이 덜 익고, 엉성하게 쌓아 올린 구조물이 뭉개지고, 색소를 과하게 넣어서 호러 영화를 연상케 한다. 스탠드 믹서기를 처음 사용하는 참가자도 있을 정도라, 퐁당이니 컬러 스프레이니 하는 고급 기술로 애먹는 건 당연지사. 아이들은 작품 공개 순서를 고대한다. 전문가가 만든 원작을 먼저 보여 주고 참가자들이 만든 작품을 차례로 공개하는데 형태가 제대로 붙어 있는 케이크가 드물 정도로 엉망진창이다.

흥미로운 점은 결과를 다루는 태도. MC와 전문가 두 명이 대화를 나누며 평가하는데 참가자를 좀처럼 깎아내리지 않는다. 참가자의 재능 없음을 구태여 지적하기보다는 어떻게든 칭찬할 구석을 찾아내려 노력하는 게 신기할 정도다. "형태가 어떻게든 비슷은 하네요.", "원래 색깔과는 다르지만 먹고 싶은 색깔이에요.", "무너지지 않았으니 성공이네요.", "겉모습은 별로지만 빵은 촉촉하네요." 파티셰가 칭찬해 주는 말을 들으면 나도 괜히 힘이 나고 마음이 따뜻해졌다. 그러고 보니 참가자들은 결과물에 기죽지 않았고 심지어는 심사 도중에 빵이 와장창 무너져도 크게 개의치 않았다. "어쨌든 끝냈어.", "색이 좀 이상하면 어때. 난 최선을 다했어.", "내가 이렇게 복잡한 걸 만들다니 놀랍군."

아이들과 낄낄대면서도 속으론 이 과도한 긍정주의에 몸

둘 바를 몰랐다. '저게 뭐가 맛있어 보이냐고!', '하나도 안 닮았는데 뭐가 그럴듯하다는 거야?', '엉망진창인데 칭찬할 게 있다고?' 당당한 참가자와 긍정적인 심사자라니, 낯설다. 리얼리티 경연쇼라면 본디 죄지은 듯 긴장한 참가자와 과도하게 폼 잡고 질책하는 심사자가 등장하는 게 기본 아닌가. 열심히 만든 음식을 쓰레기통에 그대로 처박고 독설을 퍼붓던 고든 램지, 혹은 그를 따라 했던 에드워드 권이 CF를 찍는 법. 높디높은 기준을 두고 치열하게 겨루는 경쟁의 문법에 익숙한 나는 〈파티셰를 잡아라〉처럼 부족한 재능까지 껴안을 아량이 없는 듯하다. 그 대상이 나일지라도.

지금껏 발레를 해 오면서 따뜻하고 긍정적인 선생님보다는 '호랑이 선생님'을 많이 만났다. 중학교 때 선생님이 그랬다. 작품 연습이 시작되면 소리부터 지르고 등짝을 후려치고 스틱이나 장구채, 카세트테이프를 집어 던졌다. 하루에 한 명은 꼭 눈물을 쏟으며 집에 가곤 했다. 장구채로 손바닥을 맞아 핏줄이 터져 한동안 글씨를 잘 못 썼던 적도 있다. 이 정도로 해선 1등 할 수 없다고, 노력해도 될까 말까라고 협박하고, 윽박지르고, 기죽였다. 학원 친구들과 나는 그저 그래야 하는 줄 알고 고개 숙였다.

내 아이가 일곱 살쯤 되었을 때 동네 문화센터 리듬체조 선생님이 딱 그랬다. 열정적이시고 돈은 한 푼도 더 받지 않으시면서 재능 발표회까지 시켜 주신다고 대기 줄이 꽤나 긴 수업이었다. 발표회를 앞두고 작품 연습을 한다기에 기웃거리다 보니, 선생님은 정확하게 지적하기보단 일단 무조건 소리를 지르며 싸잡아서 혼냈다. 아이들은 누구를 혼내는지, 왜 혼나야 하는지도 모른 채 숨죽였다. 난 갑자기 열세 살 때로 돌아간 기분이 들며 가슴이 콱 막혔다. '이건 좋지 않은 문화야. 답습시킬 수는 없어.' 발표회가 끝나자마자 의상을 돌려드리고는 그만두게 했다. 큰 언니들과 뒤섞이는 게 좋았던 딸아이는 아쉬워했지만.

〈파티셰를 잡아라〉의 무한 긍정주의는 아마도 아마추어리즘 덕분에 가능할 테다. 프로페셔널의 세계에선 용납되지 않는 실력도 '교육적인' 혹은 '오락적인' 차원에선 웃고 넘길 수 있으니까. 그런데 프로페셔널의 길에서도 긍정주의가 작동할 수 있을까? 악기나 스포츠처럼 오랜 노력이 필요한, 아마추어와 프로페셔널의 격차가 큰 분야에서 '충분히 잘

했어' 교육이 가능할까? 심지어 최고의 기준이 나날이 높아지는 상황이라면?

발레 전공생이 배신감을 느끼는 순간이 있다. 우선 20세기 초까지만 하더라도 발레리나들이 지금처럼 비쩍 마르지 않았다는 것. 테크닉은 어떤가. 발레리나 피에리나 레냐니는 32바퀴 연속 회전으로 한 시절을 풍미하던 전설이 되었고, 마고 폰테인은 다리를 90도 정도밖에 못 들어도 영국의 기사 작위(Dame)를 받았다. 지금은? 32바퀴를 모두 두 바퀴씩 돌아도 눈도 꿈쩍 안 한다. 인스타그램에 등장하는 어린이 발레리나들은 발등이 곡괭이같이 휘어지고, 다리는 슬라임같이 쭉쭉 늘어나며, 몸이 이리저리 휘어지고 접힌다. '잘한다'의 기준은 점점 높아지는데, 인간적이고 포용적인 가르침이 얼마나 가능할까.

발레는 완벽주의와 성실함을 근본으로 삼는다. 매일같이 꾸준히 노력하지 않으면 이루기 힘든 영역이다. 무용수들은 성실 근면이 뼛속까지 차 있다. 문제는 경쟁이 점점 치열해지다 보니 전공생들은 어려서부터 가학적일 정도로 금욕적이고 자기 비판을 내재화하게 된다는 점이다. 자신의 장점보단 단점이 먼저 보이고 크게 보인다. '다리는 왜 더 높이 올라가지 않을까. 내 허벅지 근육은 왜 이리 두꺼울까. 아무래도 목이 짧아 보여. 난 왜 저 친구처럼 안 될까.' 늘 이런 마음이니 일상이 각박해지기 쉽다. 그들에게 필요한 건 더 밀어붙이는 스승이 아니라 어쩌면 '괜찮아, 충분히 잘하고 있어.' 한마디일 것이다

나는 발레를 그만두고서도 늘 완벽하려 애쓰는 마음 때문에 제풀에 지칠 때가 많았다. 더 잘하고 싶고, 더 많이 해내고 싶고, 더 돋보이고 싶은 마음에 나를 갈아 넣으며 몰아세웠다. 남편은 제발 '시간표 빈칸 채우기'를 하지 말라고 했다. 일과와 일과 사이에 짬이 나면 그냥 쉬질 못하고 자꾸 할 일을 채워 넣는다는 것이다. 늘어져서 하루를 보내고 나면 죄책감을 느꼈다.

미국에서 유학할 때의 일이다. 학교에서 돌아오기 위해 트롤리를 기다리고 있었다. 트롤리는 그 동네에서 가난한 이들이 주로 타는 교통수단이라 정류장도 늘 어수선했다. 잔뜩 쌓인 과제며, 할 일이며, 온갖 걱정을 하면서 생각에 잠겨 있는데, 차림새가 영 허름한 남성이 내게 말을 걸었다.

WHAT A BEAUTIFUL DAY,
WHAT A BEAUTIFUL LADY,
WHY DON'T YOU
SMILE?

"What a beautiful day, what a beautiful lady, why don't you smile?"

갑자기 얻어맞은 기분이었다. 그래, 날씨도 좋은데 왜 인상 찌푸리며 하루를 보내지? 왜 내가 가진 즐거움과 행복을 들여다보지 않고 걱정과 불만으로 마음을 채우고 있지? 오늘 하루 열심히 살았는데 나를 격려해 줄 수 있을까? 그제야 한껏 굳어 있던 입매를 풀고 옅게 웃어 보았다.

시간이 흐르고 마음의 늪에 빠질 때마다 저 말이 생각나곤 했다. 난 지금 타인에게, 그리고 스스로에게 너무 가혹한 것은 아닐까. 작은 성취에도 무한한 격려를 보낼 줄 알고, 실수나 실패도 있는 그대로 인정하는 사람인가. 〈파티셰를 잡아라〉를 보며 뜨끔했던 건 이 때문이다.

발레 피플의 루트

"발리엔 세 가지 루트가 있어. 단체 여행객의 루트, 요가 하는 사람의 루트, 서핑족의 루트야. 이들은 서로 스쳐 가긴 하지만 전혀 다른 공간에 있지."

소낙비가 억수로 내리는 발리의 여인숙에서 요가 언니가 말했다. 춤을 전공했지만 요가에 심취하여 지도자가 된 선배다. 발리에서 두 달간 지내고 있다기에 나도 두 아이를 데리고 무턱대고 따라온 참이었다. 요가 언니 숙소의 건넛방, 하루 2만 원짜리 숙소에 머무는 동안 아이들은 그림을 그리고 씨름도 하며 날짜 가는 줄도 모르고 뒹굴거렸다.

요가 언니가 다양한 요가 수업에 맘껏 다녀오고, 채식 식당에서 밥을 먹고, 오가닉 용품을 구경하고, 관심사가 비슷한 사람들을 만나 교류하는 걸 보니, 내가 이전에 왔던 발리가 맞나 싶었다. 그땐 리조트에만 있었기 때문에 그곳이 '발리'라는 건 실상 중요치 않았다. 애가 어릴 땐 수영장 있는 고만고만한 곳으로 가는 게 최선인 법. 그런데 우붓 시내의 골목 깊숙이 있는 여인숙에 머물자 완전히 새로운 것들이 보였다. 발리의 전통 가옥이던 숙소의 대문은 트렁크를 겨우 통과시킬 정도로 조그맣지만 그 안으론 샛길이 구불구불 이어지며 새, 물고기, 닭, 개 등 온갖 동물을 키우는 밀림 속에 방이 하나씩 놓여 있었다. 각 방에서 가난한 여행자들이 장기간 체류하며 조용히 지냈다. 대문 밖 거리는 오래전부터 서양 히피들이 자리 잡은 터라, 비건인 및 요가 피플에겐 더할 나위 없는 천국이었다. 길지 않은 번화가엔 요가 학원, 오가닉 용품숍, 천연 향료와 오일숍, 비건 식료품점과 식당, 요가복숍, 수공예점으로 가득했다. 평소에는 발품 들여 찾아다녀야 했던 것들이 번듯하게 모여 있는 것을 볼 때마다 요가 언니의 감탄이 흘러나왔다.

그러고 보니 무용인에게도 성지가 있고 루트가 있다. 대표적인 곳이 뉴욕. 뉴욕은 유명 관광지지만 무용인에겐 전혀 다른 공간이다. 타임스퀘어, 자유의 여신상, 센트럴파크 등 누구나 아는 관광 명소들 옆으로 무용인들이 공유하는 세상이 공존하고 있다. 제2차 세계 대전으로 유럽의 예술가들이 미국으로 망명하면서 뉴욕은 세계 문화의 중심지로 떠올랐고 무용 역시 수십 년간 붐을 이뤘다. 뉴욕 시티 발레단, 아메리칸 발레시어터, 마사 그레이엄 무용단, 폴 테일러 무용단 등 미국의 콧대 높은 무용단부터 작고 실험적인 무용단과 독립 아티스트까지 가득했고, 무용 학교, 댄스 스튜디오, 무용용품점도 수두룩하다. 매주 다양한 무용 공연이 넘쳐 나고 신문 잡지의 공연 소식란에는 매주 무용란이 당당하게, 그것도 늘 꽤 길게 실려 있다. 링컨센터 앞 대형 서점에 가면 '무용' 섹션이 꽤 넓다. 길을 걷다가 유명한 무용수를 만날 확률도 높다. 무용인밖에 알아보지 못하겠지만.

난 대학교 1학년 겨울 방학에 처음으로 뉴욕에 갔다. 1년 내내 아르바이트를 열심히 한 돈을 모아 한 달짜리 어학 코스에 등록했다. 꽤 비싼 수업료와 홈스테이 비용만으로도 부담되었지만, 수업이 끝나면 저녁 밥값을 아껴 댄스

스튜디오에 다녔다. 맨해튼엔 스텝스, 페리댄스, 브로드웨이 댄스 센터 등이 있었는데, 그중에서도 난 스텝스를 좋아했다. 커다란 슈퍼마켓 위로 보이는 통유리창 너머에서 피아노 반주 소리가 들려오면 벌써 가슴이 두근거렸다. 거긴 발레부터 재즈댄스, 탭댄스, 모던댄스 등 다양한 분야의 춤 수업이 있었고, 수십 년 가르쳐 온 유명한 강사들이 포진해 있었다. 수업엔 문턱이 없었다. 현역 프로페셔널 무용수들부터 곱게 꾸미고 오시는 나이 많은 할머니들, 때론 몸이 불편한 이들까지, 스튜디오 안이 북적댔다. 한국엔 쿠폰으로 수업 듣는 곳이 없던 시절이라 내 맘대로 수업을 골라 듣는 게 좋았고, 스튜디오 안에서 다양한 구성원이 지극히 민주적으로 공존하는 방식도 좋았다. 15불이면 눈치 보지 않고 양질의 수업을 들을 수 있고, 수업 안에선 그 누구든 춤출 기회를 고르게 가졌다. 탈의실 벽의 알림판에 빽빽이 붙은 광고지엔 룸메이트 구인 광고, 사진 촬영 모델 구인 광고, 발레단 오디션 공고, 그 밖에 생각지 못했던 기회들이 기다리고 있었다. 내 꼬깃꼬깃한 맨해튼 지도엔 어학원 친구들과는 다른 표시로 가득했다. 댄스 스튜디오와 무용 영상을 맘껏 볼 수 있던 자료관, 숱한 공연장과 근처의 싸고 괜찮은 델리까지 표시한 나만의 루트 말이다.

뉴욕이 좋았던 이유는 내가 갈망했던 세상의 가능성을 보았기 때문이다. 그곳에선 춤이 '눈에 보였다.' 무용 공연이 다른 공연들만큼 많고, 무용 공연이 다른 공연들처럼 신문에 실리고, 서점엔 무용 섹션이 다른 예술 장르만큼 넓은 세상. 그곳은 진지하고 열린 세상이었다. 아주 작은 공연장에서 공연이 열려도 출연진의 지인이 아닌 일반 관객들이 찾아와 진지하게 감상하고 질문하던 세상. 춤을 감상하고 춤을 출 기회, 춤을 볼 기회로 가득한 세상. 나의 출신 배경을 모두 지우고 오직 능력과 운을 시험해 보고자 뛰어드는 세상 말이다. 나는 마침내 백조의 무리를 만난 미운 오리처럼, 내가 지금껏 살아온 곳보다 더 깊은 소속감을 느꼈고, 숲속을 헤매다 과자의 집을 만난 헨젤과 그레텔처럼 내 눈앞에 놓인 경험을 양껏 욱여넣었다.

몇 번의 방문 후 뉴욕에 대한 환상은 사라졌다. 꼭 뉴욕일 필요는 없었다. 그곳에서 내가 경험했던 대안들이 내 몸과 마음에 새겨졌으니, 이제 어디든 나의 루트로 만들 수 있기 때문이다. 새롭게 생각하고 행동에 옮기는 방식의 루트는 몸 깊숙한 곳에 새겨진다.

세계적인 발레 스타 스베틀라나 자하로바가 아이를 출산하고 1년 후에 복귀하여 꾸준히 춤췄다는 걸 알고는 궁금해졌다. 그녀가 전 세계를 누비며 활약할 동안 애는 누가 봐 줬을까? 출산 후 느슨해진 관절과 근육을 조이고 차올랐던 살을 빼고 둔해진 감각을 단련하고 전막 공연을 소화해 내는 일을 해내다니 대단하다. 하지만 그녀가 지금껏 홀로, 때론 음악가 남편과 세계를 누비는 비결은 아이를 전적으로 돌봐 주시는 친정어머니였다.

오랫동안 발레리나들은 임신을 두려워했다. 매일매일 자기 몸을 섬세하게 조율하는 사람들이니 몸이 망가지는 아

홉 달의 임신 기간과 예측하기도 힘든 회복 기간을 두려워하는 건 당연하다. 따라서 최대한 임신을 미뤘다가 현역에서 물러난 후 아이를 갖는 것이 관례였다. 임신=은퇴라니, 이건 평생 쌓아 온 커리어가 무너지는 신호다. 임신을 미루고 미루다가 은퇴 후 막상 시도했을 땐 그게 또 쉽지 않아 마음고생하는 경우도 많이 봤다. 임신이 많은 여성들의 인생 경로를 크게 바꾸어 놓는 사건이라면, 발레리나에겐 눈앞에 거대하게 솟은 벽이라 할 수 있다.

국립 발레단의 수석 무용수인 김리회가 포인트 슈즈를 신고 찍은 만삭 사진을 공개한 적이 있다. 그 이전에도 출산 후 무대에 복귀한 수석 무용수로 최태지, 김순정, 박선희, 임혜경 등이 있었지만, 만삭 사진을 공개한 건 뭔가 분위기가 바뀌었음을 상징한다. 검은 유니타드로 불룩한 배를 더욱 강조한 김리회의 모습이 경쾌하고 직설적이다. 발레리나에게 임신이 피해야 할 호환마마가 아니라 축복받을 일이며, 커리어를 망가뜨리는 걸림돌이 아니라 지나쳐 가는 과정이 될 수 있다고 주장하는 듯했다. 철저한 식단 관리와 체계적인 회복 운동, 발레단과 사회의 지지가 따른다면 출산 후 현역 복귀가 예전만큼 비장하거나 비현실적인 목표로 여겨지진 않을 텐데.

하지만 출산하면 몸이 망가질까 두려워하는 발레리나들이여, 출산보다 두려운 건 육아다! 산 너머 산이란 말씀. 출산엔 육체적인 조율이 필요하지만 육아엔 정신적인 조율이 필요한 데다 끝을 알 수 없는 장기전이기 때문이다. 불룩했던 배가 쏙 들어가고 무대로 복귀하면 갈채가 쏟아지지만 오늘도, 내일도 이어지는 육아를 해내는 건 티도 안 난다.

발레리나와 스튜어디스의 공통점은 일하는 시간이 불규칙하여 애 키우기 힘들다는 것이다. 비행 일정이 많은 스튜어디스처럼, 발레리나 역시 리허설과 공연, 투어로 안정적인 육아가 힘들다. 전적으로 신뢰하여 아이를 맡길 수 있고, 아이가 돌봄을 허락한, 그리하여 밤늦게, 때론 며칠씩 지내며 아이를 재우고 먹이며 챙겨 줄 사람이 필요하다. 대개는 친정어머니가 당첨이다. 남편이나 국가보다 친정어머니가 1순위라는 것은 씁쓸한 현실이다. 곁에서 도움을 줄 친정어머니가 없는 여성은 무력감과 부당함을 느낄 수밖에 없다.

그래서 〈밸런싱 액츠 Balancing Acts: Three Prima Ballerinas Becoming Mothers〉라는 화보집을 봤을 때 뭉클했다. 사진작가 루시 그레이가 발레리나 세 명을 17년

동안 따라다니며 육아와 일의 균형을 찾으려는 일상을 담아냈다. 갓난아기를 아기 바구니에 눕혀 두고 아직 부기가 덜 빠진 모습으로 바를 잡고 스트레칭 하는 모습, 공연 10분 전 분장실에서 유축하는 모습, 엄마의 튀튀 위로 다리를 휘감고 입을 부루퉁 내민 아이, 공연 후 분장도 지우지 못한 채 아이와 놀아 주는 모습에서 그들이 버틴 하루하루가 보였다.

하지만 좀 더 넘기다 보니 마음이 착잡해졌다. 리허설 사이에 모유 수유하는 모습, 피아노 위에 갓난아기를 올려 두고 연습하는 모습, 엄마가 연습할 동안 피아노에 앉아 노는 아이의 모습을 보자니 이게 여기서 과연 가능할까 싶었다. 포인트 슈즈 만삭 사진은 널리 회자되고 출산 후 복귀하는 건 찬양받지만 연습실까지 아이를 데려오는 건 환영받지 못한다. 출산율은 높여야 하지만, 맘충과 노키즈존을 아무렇지 않게 내뱉는 사회에서 친정어머니 없이는 엄마 발레리나가 되기 힘들다.

나는 박사 학위 논문을 쓰면서 첫째를 임신하고 출산했다. 2010년 4월에 출산하고 2012년 5월에 졸업했으니, 나의 논문은 눈물과 수면 부족, 기저귀와 이유식 범벅이었다. 무용수가 아니어서 몸을 회복하는 게 힘들지는 않았으나 아무리 노력해도 일할 시간을 제대로 확보하지 못해서 괴로웠다. 아이는 너무 귀엽지만, 이 아이가 잠을 빨리 안 자서 내 시간을 빼앗고 있다는 생각이 들면 화가 치밀었다.

세월이 흘러 미셸 오바마의 전기 〈비커밍〉을 읽다가 분통이 터졌다. 미셸은 믿을 수 없이 똑똑하고 당찬 커리어 여성이었지만 남편이 정치에 입문한 후 많은 걸 희생하고 줄이고 조율해야 했다.

"일은 재미있고 보람찼다. 그래도 일에 에너지를 몽땅 쏟지는 않도록 주의했다. 아이들 몫을 남겨 두어야 했다. 버락의 정치 경력을 용인한 뒤로 나는 내 일에 들이는 노력을 좀 줄였다. 거의 의도적으로, 스스로의 야망에는 약간 무감각해졌다."

게다가 버락이 대통령이 되자 미셸은 친정어머니에게 더욱 기댈 수밖에 없었다. 대통령 영부인으로서 역할이 많았고 불규칙적이니 아이들이 평범한 학교생활을 이어 가기 위해선 곁에 늘 있어 줄 믿을 만한 누군가가 필요했기 때문이다. 미셸의 친정어머니는 무려 8년간 백악관에서 같이 지내며 두 딸을 돌봐 주었다. 세상에, 미국 대통령 부인도 친정어머니 찬스가 필요하다니. 공감되면서도 절망스러운 지점이다.

무용 전공자로서 겪는 육아의 곤란함을 들자면, 무용 공연을 잘 볼 수 없다는 것이다. 공연은 주로 평일 저녁에 하는데, 남편의 스케줄이 불규칙하니 친정어머니 찬스 아니면 공연을 보기 어렵다. 공연 보는 횟수를 최대한 줄이다 보니 친분이나 일 관계상 꼭 봐야 하는 공연만 보느라 정작 내가 보고 싶은 공연은 거의 보지 못한다. 지금까지도.

어쩌다 공연장에 가면 기분이 환기되다가도 또 다른 생각이 꼬리를 물고 이어진다. 발레단에 유급 출산 휴가가 있기는 한가? 발레단과 연계된 어린이집이나 보육 프로그램은 있을 리가 만무하겠지? 예술의 전당에 가면 공연 보러 온 관객의 자녀를 돌봐 주는 놀이방이 있는데, 정작 무대에 선 이들의 자녀들은 누가 돌보고 있을까? 친정어머니 없는 무용수는 복귀할 엄두도 못 내려나? 발레리나에게 출산의 부담감이 조금은 줄어든 세상이 되었으니, 육아의 비장함도 좀 더 가벼워졌으면 한다.

포인트 슈즈 만삭 사진은 널리 회자되고

출산 후 복귀하는 건 찬양받지만

연습실까지 아이를 데려오는 건

환영받지 못한다.

출산율은 높여야 하지만, 맘충과 노키즈존을

아무렇지 않게 내뱉는 사회에서 친정어머니 없이는

엄마 발레리나가 되기 힘들다.

벨린다는 어쩌다 우리 엄마가 되었을까

첫째 애가 두 돌쯤 되었을 때다. 동갑내기 아이를 키우는 발레단 선배 언니가 우리 집에 놀러 오며 앤서니 브라운의 그림책 〈우리 엄마〉를 선물로 가져왔다. "재미있으니 많이 읽어 줘." 그가 쓴 〈우리 아빠〉도 이미 가지고 있던 터라 반가웠다. 넉넉한 웃음을 띤 엄마와 아빠가 표지를 가득 채운 책을 나란히 놓으니 좋아 보였다.

앤서니 브라운의 〈우리 엄마〉와 〈우리 아빠〉는 엄마 아빠를 아이 눈높이에서 소개하는 데칼코마니 같은 책이다. 첫 장엔 아침에 파자마 차림으로 부스스하게 커피를 마시는 엄마 아빠가 등장한다. '힘이 세다.', '늘 기분이 좋다.', '안락

의자처럼 편안하다.', '나비처럼 아름답다.' 등 그들이 얼마나 멋진지 한참 나열한 다음 마지막엔 "아빠(혹은 엄마)는 나를 사랑하니까. 언제까지나 영원히."로 마무리되는 구조다. 엄마 아빠를 미남 미녀로 묘사하지 않은 점에서 세상의 모든 엄마 아빠는(세간의 잣대엔 어떠할지 몰라도) 아이 눈에 대단해 보인다는 마음이 따뜻하게 드러난다. 엄마 아빠의 파자마 무늬가 페이지마다 모습을 달리하여 나오는 브라운 특유의 위트도 깨알 같다.

그런데 〈우리 엄마〉엔 뭔가 뜻하지 않은 쓸쓸함이 있었다. 아이에게 여러 번 읽어 주며 그 이유를 깨달았다. "우리 엄마는 무용가가 되거나 우주 비행사가 될 수도 있었어요. 어쩌면 영화배우나 사장이 될 수도 있었어요. 하지만 우리 엄마가 되었어요." 우리 엄마가 무용가도, 우주 비행사도, 영화배우도, 사장도 될 수 있지. 그런데 왜 '하지만'일까. '무용가가 되었어야 하는데, 우주 비행사가 되었어야 하는데.' 우리 엄마의 꿈은 아스라이 멀어 보였고, 이제는 연습실이 아니라 서로의 집에 모여 육아용품과 아기 간식에 대한 정보를 나누던 언니와 나의 모습도 우주복을 입은 엄마처럼 낯설어 보였다. 종일 아이들과 씨름하던 새내기 엄마들은 〈우리 엄마〉에서 자신을 보았다.

아이가 다섯 살쯤 되어 사 준 또 다른 발레 그림책으로 〈발레리나 벨린다〉가 있다. 발레를 좋아하지만 발이 너무 커서 제대로 평가받을 기회도 얻지 못한 벨린다. 실의에 차서 발레를 그만두고 프레드의 식당에서 웨이트리스로 일하게 되었다. 프레드와 손님들은 그녀의 재빠르고도 우아한 서비스를 무척 좋아했다. 벨린다가 우연히 밴드 음악에 맞춰 춤을 추었는데, 그녀의 춤을 보러 손님들이 몰려들고 급기야는 그랜드 메트로폴리탄 발레단 단장마저도 감동받아 그녀를 정식 고용하면서 프로 무용수로 성공한다는 이야기다. 발레단 오디션에서 심사위원들의 혹평으로 발레를 그만두었던 벨린다가 그랜드 메트로폴리탄 홀에서 성공적으로 공연한 후 스포트라이트를 받으며 꽃다발을 한 아름 안고 커튼콜 하는 마지막 장면은 "심사위원들이 하는 말은 신경 쓰지 않았습니다!"로 끝난다.

해피엔딩이긴 하지만 현실적인 고민이 엿보여 머리에 맴돌았다. 작가인 에이미 영은 예일대학교에서 미술로 석사 학위까지 받은 후 하버드대학교에서 다시 법을 공부해 변호사로 일하다가 결혼한 후 일러스트레이션에 전념하고 있다고 한다. 명문 대학을 나오고, 자기가 원하는 것을 찾기 위해 전공을 바꾸고, 그렇지만 결혼 후엔 (아마도) 프리랜서로 일하는 여성으로서의 고민이 투영된 듯하다. 벨린다의 성공은 대단하고 통쾌하며 교훈적이다. 오디션이라는 이벤트보다도 평소의 자세와 태도가 성공의 비결이라는 것, 작은 성공과 성실함이 모이면 큰 힘을 발휘한다는 것, 심사위원은 보고 싶은 대로 본다는 것, 그러니 그들의 말 따위엔 휘둘리지 말라는 것.

그런데 벨린다처럼 역전의 기회를 잡은 이들이 얼마나 될까. 각종 아르바이트로 버티며 춤을 추다가 스러져 간 이들에게 벨린다의 스토리는 얼마나 꿈같은 얘기인가. 아르바이트를 두세 가지 하다가 너무 피곤하고 몸 관리도 못 해 점점 실력이 줄던 친구들의 한숨, 레슨비가 없어 망설이다가 듣고 싶은 수업마저 줄이던 친구, 발레단 오디션에 두 번 낙방하고 잠정 포기한 후배와 제자들이 욕조 속에 몸을 깊숙이 담그고 실의에 잠겼던 벨린다의 모습과 겹쳐졌다.

중국 발레단에서 내 룸메이트였던 캐나다 친구 알렉시스는 발레단 계약을 마친 후 캐나다로 돌아갔으나 다른 발레단 취업에 실패했다. 몇 년 후 나는 유니버설 발레단의 단원으로 토론토에 공연을 갔다가 그녀를 다시 만났다. 알렉시스는 작은 방에서 지내면서 웨이트리스로 돈을 벌며 발레를 이어 가고 있었다. 그녀와 점심을 먹은 후 근처 발레 스튜디오에서 쿠폰을 사서 함께 수업을 들었다. 옛 친구를 발레 수업에서 조우하니 익숙하고도 낯선 친구의 모습에 심정이 복잡해졌다. '너 그동안 실력이 줄었구나. 몸도 무거워지고. 연습이 부족한가 봐.', '이렇게 버티는 게 쉽지 않지? 그래도 계속하여 도전할 수 있으면 좋겠는데.' 차마 입 밖에 꺼내지 못한 말을 남긴 채 우린 헤어졌다.

프로의 세계에선 거절당하고 아마추어로선 환영받은 벨린다. 그녀가 다시 프로의 세계로 보란 듯 복귀하는 건 판타지다. 현실의 벨린다들은 거절당하고 낙담했으며 그중 일부는 결혼하고 아이를 낳았다. 그들은 〈우리 엄마〉가 되었을 것이다. '우리 엄마는 발레리나가 될 수도 있었어요. 하지만 우리 엄마가 되었어요.' 이 두 문장 사이엔 긴 말줄임표가 숨어 있다.

뮤지션으로 활동하면서도 몇 년째 술집을 안정적으로 운영하는 남자 친구를 둔 친구가 있다. “안주 맛있어?”라고 묻자 “늘 같은 맛을 낼 줄 알아.”라고 답한다. 그렇군. 적절한 레시피를 완성하고 이를 매일 밤 기복 없이 만드는 것. 한 번씩 끝내주는 요리를 내놓는 것 말고, 언제 가더라도 실망시키지 않는 것. 대박 식당의 비결은 품질 보증이다. 품질 보증은 프로의 자격 조건이다.

프로 무용수가 되는 과정은 꽤 힘들었다. 나는 기복의 여왕이었기 때문이다. 살이 쪘다가 빠졌다가, 어느 날은 훨훨

날아다니다가 어느 날은 죽을 쑤다가를 반복했다. 발레단에 입단해서 첫 두어 달은 특히 심했다. 아침부터 부산을 떨고 안달복달하다가 막상 클래스가 시작되면 말할 수 없는 피로감과 무기력이 몰려왔다. 바 워크를 겨우 하고는 클래스 중간에 빠져나와 체력 단련실에 누워서 잠을 잤다. 바 워크를 다 끝내지 않고 나온 적도 여러 날이었다. 신입 단원이 클래스 시간에 잠을 자다니. 지금 생각해 보니 우울증이었던 것 같다. 학교 다닐 때부터 객원 무용수로 활동해 온 터라 입단만 하면 신날 줄 알았는데 그게 아니었다.

학생 때는 무대에 선다는 게 이벤트였다. 아홉 살 때 처음으로 무용 학원 발표회를 한 날이 아직도 기억난다. 귀신 같은 화장을 일부러 지우지 않고 친구, 가족들과 우르르 '가든' 고깃집에 가서 손님들의 시선을 한 몸에 받았다. 물레방아가 있던 고깃집 정원에서 뛰놀던 밤은 얼마나 특별했던지. 그 이후로도 학교 발표회건 콩쿠르건, 무대란 몇 달이고 연습하며 준비해 온 특별한 일, 맘 졸이며 고대하는 일, 끝난 후엔 가족과 친구들의 격려와 꽃다발을 받는 일, 왁자지껄 술 마시며 뒤풀이하는 일이었다. 하루의 이벤트를 위해 극심한 다이어트를 하고 일상을 희생하며 전력 질주 했다가

방전되는 게 수순이었다.

그런데 발레단에 오니 매일의 클래스가 오디션이요, 공연이 일상이었다. 매일 아침 10시의 클래스에서 늘 준비된 모습을 보여야 한다. 그날 컨디션이 어떻든 개인적으로 어떤 시기를 보내고 있든, 항상 자신의 베스트를 보여 줄 준비가 되어 있어야 했다. 나 같은 기복의 여왕은 고달플 수밖에 없다. 컨디션을 유지하는 건 월급 받는 프로 무용수의 의무니까.

프로 무용수로서 좀 안정되었다고 느낀 건 1년이 지나서다. 춤추는 일상이 내 몸에 착 달라붙었던 시기는 참으로 짧았다. 몸무게와 기량이 안정되었고 근육이 무겁고 뭉치는 게 줄어들면서 '아, 이제 춤추기 좀 편하군.' 하고 생각했다. 매일 아침에 출근하는 게 덜 두려웠다. 이제 와서 생각해 보니 프로란 죽어라 노력해서 어디까지 올라갈 수 있는가보다는, 언제고 어디 이하로는 내려가지 않는가를 기준점으로 삼아야 하나 보다. 무대 위에선 여러 가지 상황이 발생할 수 있고, 위기의 순간에 드러나는 게 그 사람의 기본기니까. 파장의 높이를 높이기보다 진폭을 줄이는 게 핵심이다. 수월성보다 지속 가능성, 순발력보다 지구력, 최고 실적보다 보험금, 로또보다 연금이다.

품질 유지의 비결은 꾸준한 루틴의 힘, 그리고 루틴으로 다져진 마음의 힘일 테다. 프로는 평상심을 터득한 자다. 기분에 흔들리지 않고, 작은 성공에 들뜨거나 실패에 섣불리 좌절하지 않는다. 훈련 중인 김연아에게 기자가 질문하는 영상을 본 적이 있다. "무슨 생각 하면서 (스트레칭을) 하시나요?", '무슨 생각을 해……. 그냥 하는 거지.' 스트레칭을 하면서 오만 가지 생각을 다 하는 건 아마추어다. 프로는 그냥 한다. 영화 〈블랙 스완〉을 보고 시큰둥했던 건, 프로 무용수라면 한 번의 공연에 자기 화력을 모두 소진시킬 리가 없다고 생각했기 때문이다. 흑조 역을 완벽하게 해내기 위해 강박 증상에 시달리고 망상과 환영과 자해를 거듭하다가 공연이 끝날 때 피를 흘리며 "난 완벽했어!"라고 만족하는 니나. 다음 날엔 공연이 없나? 설마 백조, 흑조 캐스팅이 딱 하루인가? 열심히 노력하는 것과 자기 파괴적으로 달려드는 건 다르다. '이 공연을 하다가 죽어도 좋아.'는 아마추어다. 프로에겐 이번 공연이 끝이 아니다. 무대에서 크게 실수하여 울면서 집에 걸어갔더라도, 다음 날엔 여느 날과 같은 모습으로 연습실에 들어온다. 계속하여 나아가야 할 길이 멀다는 걸 알고 있기 때문이다.

피겨 퀸 김연아가 올림픽 금메달을 따는 걸 지켜보며 처음 든 생각은 '앞으론 어떻게 살아가려나.' 하는 것이었다. 올림픽 챔피언의 진로를 내가 고민하다니 오지랖 중의 오지랖이지만, 나이 스무 살에 인생의 목표를 성취해 버린다는 게 어떤 것인지 궁금했다. 스타 아역 배우가 성인 배우로 거듭나기 어렵듯, 너무 일찍 성공한 이는 방황하기 마련이니.

김연아에 비할 것은 아니지만 나와 친구들 역시 비슷한 경험이 있다. '대학 입시가 끝나면 어떻게 살아야 하는가'의 고민이었다. 한심하지만 그랬다. 우리나라 무용 전공생들의 1차 목표는 대학이다. 요즘은 좀 더 다양한 장르의 춤에서 다양한 길이 생겨나고 조기 유학도 많이 가는 추세지만, 대부분은 '일단 좋은 대학을 가는 게 목표'다. 심지어 로잔 콩쿠르에서 그랑프리를 받고 아메리칸 발레시어터에 입단했다가 국립 발레단에서 주역 무용수가 된 발레리나도 뒤늦게 대학에 갔다. 현재 파리 오페라 발레단 제1 무용수인 박세은이다. 그놈의 대학! 발레를 암만 잘해 봤자 '초등학교 졸'이니 "대학교수는 언감생심"이라며 아버지가 인터뷰를 한 바 있다. 대학 졸업장 위에 대학교수가 군림하는 법. 이처럼 대학이 전부인 나라에서 열 살 전후에 무용을 시작한 이들이 10년 정도 꼬박 치열하게 노력하여 대학에 입학하고 나면 슬럼프를 겪는 게 당연하다.

무용과에 입학해서 만난 친구들은 다들 사춘기를 그제야 겪었다. 인생의 즐거움이란 즐거움은 모두 '대학에 가면'이라는 만트라의 힘으로 유예하며 수도승처럼 살아왔으니 이젠 맛난 것도 먹고 늦잠도 자고 클럽에도 가 보는 게 당연한 거 아닌가? 고등학교 때까지 생리불순을 겪도록 극심한 다이어트를 해 온 아이들이다. 감시하는 선생님이나 잔소리하는 엄마 없이 떡볶이 실컷 먹고 김빠진 맥주 마시는 데에서 희열을 느꼈다. 물론 떡볶이와 맥주는 살을 부른다.

내가 신입생일 때 동기들은 입시 때보다 5kg 정도 거뜬히 살이 쪘다. 반면 종합 대학의 커리큘럼에서 무용 실기 수업은 확 줄어들었다. 실력은 줄고 살은 찌니 집단 우울증에 시달릴 수밖에.

살찐 것보다 더 큰 문제는 목표를 잃어버렸다는 것이다. 어려서부터 대학을 목표로 떠밀려 왔으니, 그 거대한 관문을 통과한 후 다시 추스르고 자기 인생을 찾기란 쉽지 않았다. 게다가 무용 전공생들은 눈앞에 보이는 목표에 매달리며 어려서부터 친구와 경쟁하는 데 익숙하지 않은가. 성적, 다리 높이, 허벅지 둘레, 회전 개수까지 비교하는 데 능숙하다. 외모부터 생활 패턴까지 틀로 찍어 낸 듯 똑같았던 무리 속에 있다가 이제부터 자기 길을 찾아야 한다는 것은 큰 부담이다. 대부분 직업 무용단을 꿈꾸지만 1년에 고작 몇 명 뽑는 게 현실이다. 이래 가지고 발레단 가겠어? 그럼 뭐 하고 먹고사나? 여기엔 정답을 알려 주는 선생님이나 등 떠밀어 주는 부모님이 없다. 중, 고등학교 때 그렇게나 닦달하던 부모님은 하나같이 손을 놓는다. 그들도 큰 관문을 지나 쉬고 싶은 거다. 닦달하는 이 없으니 얼떨떨, 진짜 고민이 시작된다.

이제 나는 초등학생 부모이자 대학 강사로서 대학이라는 허들의 양쪽을 바라본다. 한쪽의 나는 동네 엄마들의 모임에 있다. 시대가 아무리 바뀌었다 해도 대학은 여전히 절체절명의 목표. 작게는 무슨 영어 학원에 보낼까, 어떤 문제집이 좋은가부터 크게는 어떻게 해야 애를 좋은 대학에 보낼 수 있을까의 주제로 수다를 떨면 서너 시간이 후딱 간다. 난 섬세하게 계획을 짜 주거나 미리부터 걱정하는 스타일이 아니라 '대학 그까짓 것'이라고 넘겨 버리곤 한다. 이에 대한 반응은 여러 가지. "우리 때와는 시대가 달라요." 그리 흔들리지 않는다. "누구 엄마는 좋은 대학 나왔잖아요. 그저 그런 학교 나온 삶이 어떤지 알아요? 아이 인생으로 도박할 거예요?" 이건 좀 확신할 수 없다. "그러니 늦기 전에 영어랑 수학은 꽉 잡아요." 되돌이표다. 엄마들끼리 모래성을 무수히 쌓고 부수면서 불안감을 달래는 게임에 몰입하지만 대학 이후의 삶을 말하는 이는 거의 없다. 그건 그때 가서 생각하지 뭐, 이런 맘이다.

다른 한쪽의 나는 무용과 학부생 수업에 있다. 다양한 실기 수업과 이론 수업을 통해 만난 학생들의 공통점은 대부분 수업, 특히 이론 수업엔 관심이 없다는 것이다. 실기 수업은 관성으로라도 할 수 있지만, 이론 수업은 도대체 왜 이걸 배워야 하는지 동기 부여가 되지 않는다. '난 입시라는 관문을 겨우 지났는데, 뭘 또 지겹게 듣고 있어야 하나.'라는 눈빛이 역력하다. 강의실에서 멍 때리거나 핸드폰만 들여다보거나 엎드려 자는 학생들이 속출하면 화가 난다. '그렇게 노력해서 들어오고 싶었던 대학 아니야? 막상 와서 이렇게 공부하기 싫으면 왜 온 거야?' 강사로선 화나지만 선배로선 충분히 이해한다. 나도 1학년 땐 야구 모자 쓰고 맨 뒷줄에서 팔짱 끼고 졸았으니까. 레이스의 출발점에 섰지만 이미 결승점에 도달한 것처럼 축 늘어진 애들을 일으켜 세우는 게 나의 주된 임무다.

무용과 학부생은 학년에 따라 특징이 있다. 1, 2학년 땐 그저 신나게 몰려다니며 놀고 살이 쪄서 스트레스를 받았다면 3, 4학년은 진로 고민으로 축 늘어져 있다. 대학원에 가야 하나, 경영대에 가서 복수 전공을 해야 하나, 요가나 필라테스 자격증을 따야 하나, 무용 외에 취직할 방법은 없을까, 발레단을 목표로 노력해야 하나……. 저마다 고민에 짓눌린 아이들은 말수가 줄어 간다. 문제는 고민이 학부 '취업반'에서 끝나지 않는다는 것. 얘들아, 미안하게도 이제 고민의 시작일 뿐이란다.

발레 전공자의 1차 목표는 발레단이다. 친구들의 부러움 속에 발레단에 입단하면 진로 고민이 없어질까? 안타깝지만 진로 고민은 끈질기게 따라붙는다. 프로 무용수라는 직업은 다른 분야 사람들이 한창 활동할 나이에 은퇴하기 때문이다. 어렸을 때 내가 리듬 체조를 하고 싶다고 하자 엄마는 이렇게 조언했다. "체조 선수는 스무 살에 은퇴하지만 발레리나는 마흔에 은퇴한단다." 하지만 마흔 이후는요? 알고 보니 마흔까지 버티는 무용수도 드물다. 꾸준히 걸어오던 길이 막다른 골목에 다다랐을 때 무용수는 새로운 인생을 찾아야 한다. 가장 쉽게는 학원, 학교, 발레단에서 지도자가 되어 안정적으로 경력을 이어 가는 사람들도 있지만 어떤 이들은 지금과는 완전히 다른 길을 찾아 헤매기도 한다. 춤으로 뼈마디가 굵은 사람이 다른 분야에서 '쓸모' 있는 사람이 되기란 쉽지 않다.

나는 무용으로 학사, 석사, 박사 학위를 받았고 프로페셔널 발레 무용수로도 활동했다. 나름 '순정(純正)'의 길을 걸어온 셈이다. 그런데 불혹의 나이를 지나자 심하게 흔들리기 시작했다. 관습적으로 하나의 길만을 걸어오느라 정작 나 자신에 대해 알 기회가 없었고, 이제 박사 학위까지 끝났으니 앞으로는 어디로 가야 할지 막막했다. 더 이상 다닐 학교가 없다니!

대학 강사 생활이 10년차에 접어든 때였을 것이다. 언젠가부터 제2의 인생을 개척한 사람들의 이야기가 눈에 들어오기 시작했다. 모두 극단적이고도 낭만적으로 인생의 항로를 선회한 자들이다. 현장 조사를 위해 이국에 간 인류학자가 그 나라 음식에 빠져 셰프가 되었다든가, 사회적으로 성공한 의사나 변호사였던 이들이 깨달음을 찾아 명상가가 되었다든가, 폭주족이던 젊은이가 거대한 빚을 지며 노력해서 새로운 콘셉트의 선풍기를 발명했다든가 하는 이야기들 말이다. 인생 반전 스토리에 빠질수록 그건 현실 도피요, 대리 만족일 뿐임을 알고 있었다. 현실의 나는 가진 것을 내려놓고 용기 있게 도전하기는커녕, 지금 내가 손에 쥔 것에도 확신이 없었기 때문이다. 안식년이 없는 강사는 자기를 찬찬히 돌아볼 시간도 없다.

난 여전히 대학 강사다. 무용과 수업에서 학생들을 만나다 보면 그들이 지금 어떤 지점에 서 있는지 짐작하게 된다.

목표가 사라져서 방황하는 시기인지, 자기가 어떤 사람인지 들여다보는 시기인지, 구체적인 꿈을 설정하고 노력해 가는 시기인지. 모두가 한 길만을 걸어온 그들은 이제 각자의 길을 찾아야 한다는 부담에 짓눌린다고 토로한다. 그러면 내가 덧붙인다.

"괜찮아. 너희가 볼 땐 내가 단단해 보이겠지만,
나도 아직 진로 고민 중이야.
쉽게 끝날 것 같지도 않네."

03

나를 매료시킨 좌절시킨
때론 낡고 우스꽝스러워 보이는
그러나

발레의 스웨그

할리우드 영화 〈세이브 더 라스트 댄스〉(2001)는 어머니의 죽음으로 발레를 포기하고 흑인 거주지로 이주한 백인 소녀 새라가 새로 사귄 친구 데릭에게 힙합을 배우면서 자신감을 얻고 줄리아드 스쿨 오디션에 도전하는 이야기다. '백인 소녀와 흑인 소년의 로맨스를 그린 청소년 댄스 영화'라니, 이 설정만으로도 얼마나 많은 클리셰가 들어 있는지 짐작할 수 있다. 여자-남자, 백인-흑인, 중산층-빈곤층, 꿈-절망, 규율-자유 등의 이분법이 '발레-힙합'의 이분법과 결합되며 강력하게 작용한다. 여기에 오디션이라는 강력한 장치가 더해지니 자포자기하던 중산층 백인 소녀가 자

신감을 되찾고 꿈을 이룬다는 해피엔딩이 손쉽기만 하다.

우선 짚고 넘어가자. 새라 역의 줄리아 스타일스의 춤 실력은 형편없다. 대역의 춤과 매끄러운 편집으로도 도저히 무마되지 않는다. 그럼에도 불구하고 이 영화가 2편까지 제작되고, 비슷한 설정의 〈스텝 업〉 시리즈가 4편까지 확장된 것은 모두 발레-힙합의 대립, 그리고 힙합을 통한 발레 무용수의 자기 발견과 성숙이라는 주제가 영화로 풀어내기에 효과적이었기 때문일 것이다. 우리나라에서 장기 흥행 공연으로 자리 잡은 댄스 뮤지컬 〈비보이를 사랑한 발레리나〉 역시 이런 공식이 발레와 힙합을 다루는 쉽고 개운한 전략임을 드러내 준다.

이 영화들이 묘사하는 발레란 무엇인가? 점프와 턴이 어렵고 상체 표현은 우아하고 여성스럽다. 모든 동작엔 하나의 정답만 존재한다. 선생님의 지적에 순응해야 하고 술 담배는 삼간다. 검은 레오타드를 입고 머리는 깔끔히 빗어 넘긴다. 이 금욕적이고 엄격한 세계에 힙합 피플은 균열을 일으킨다. '왜 꼭 그렇게 춤춰야 해?', '너 자신에게 솔직해져.', '넌 더 새로운 걸 할 수 있어.' 미성숙했던 발레걸이 인격적으로, 움직임적으로 성숙하도록 이끌어 주는 이는 힙합 피플이다.

〈세이브 더 라스트 댄스〉에서 데릭은 새라에게 처음으로 춤을 가르치며 이렇게 말한다. '힙합은 태도야. 힘을 풀고 편안하게 리듬에 맡겨.' 발을 턴 아웃하고 손을 동그랗게 모은 채 준비 자세를 취하고 있던 새라에겐 자연스럽게 걷기나 앉기가 여간 어색한 게 아니다. 첫 연습의 시퀀스는 힙합과 발레의 두 세계를 충돌시키면서 발레가 얼마나 어색한지 강조한다. 의자에 비스듬히 기대앉아 엄지손가락으로 코를 튕기는 제스처마저도 부자연스러워 실소가 터진다.

데릭이 새라에게 가르치던 것은 요즘 말로 하면 '스웨그'다. 스웨그(swag)는 원래 '약탈물'을 의미하던 단어지만 점차 래퍼가 스펙이나 능력 등을 자랑하는 것, 나아가 '나만의 스타일', '간지', '멋', '세련됨'을 갖추는 것으로 확장되었다. 그러고 보면 데릭은 영험한 구루가 맞다. 힙합의 구체적인 동작을 가르치는 게 아니라 핵심적인 태도부터 가르친 것이기 때문이다.

그런데 힙합의 스웨그는 과연 발레와 대척점에 있는가? 놀랍게도 발레야말로 스웨그의 원조다. 발레란 유럽 귀족들이 우아한 존재가 되고자 만들어 낸 몸가짐과 태도에서 출발했기 때문이다. 르네상스 시대부터 발견되는 춤 교본들은 서기, 인사하기, 걷기 등의 기본적인 움직임부터 세세하게 규정해 나갔다. 프랑스 귀족에게 우아한 자세란 몸통은 곧추세우지만 편안하게, 머리는 꼿꼿하고, 팔은 겨드랑이에 느슨하게 붙인 채 양어깨는 뒤쪽으로 내리면서, 양손은 곡선을 유지하고, 발가락은 완만하게 바깥을 향하는 것이다. (《아폴로의 천사들》, 제니퍼 호먼스(2014) 중에서) 이것이 발레의 스웨그다. 힙합의 스웨그와는 다르지만 나름의 자연스러움과 쿨함을 추구한다는 점이 일맥상통한다.

발레의 기초를 소개할 때면 흔히들 발과 팔의 자세에서 출발한다. 발의 1번, 2번, 4번, 5번 자세, 팔의 앙 바(en bas), 앙 오(en haute), 앙 아방(en avant), 알 라 스콩(à la seconde)을 보여 주고 정확하게 따라 하게 한다. 이는 반만 맞고 반은 틀리다. 왜냐하면 발레는 힙합만큼이나 태도에 관한 것이기 때문이다. 발레의 핵심은 뻣뻣하게 서서 팔과 발의 포즈를 만들어 내는 것도, 화려하게 돌고 뛰는 것도 아니다. 그보다는 우아하고 자연스러운 기품을 몸에 배게 하는 것이다. 시대에 따라 그 '자연스러움'의 정의와 형태가 변하고 테크닉이 발전하면서 밀리긴 했어도 말이다.

이런 면에서 난 발레-힙합 영화들이 영 못마땅하다. 여기서 묘사하는 발레는 나름의 전통과 미학을 갖췄지만 편협하고 유아적인 세계로 보인다. 발레리나가 힙합을 통해 성숙해 간다면, 왜 힙합 댄서가 발레를 통해 성숙해 가는 영화는 찾아볼 수 없는가? 게다가 데릭은 원래 유명한 춤꾼도 아니고 힙합을 전문적으로 배우지 않았음에도 새라를 일깨워 주니 '흑인=타고난 춤꾼'이라는 편견도 엿보인다. 새라가 성장하고 성숙하는 동안 데릭은 그 자리에 있다. 흑인은 백인을 다양한 세계로 인도하고 도와주는 존재이지만, 그들의 기득권을 건드려서는 안 되는가? 생각해 볼수록 겹겹으로 얽힌 이분법이 삐걱거린다.

'힙합 하는 흑인 소년'과 '발레 하는 백인 소녀'를 대조시키는 전략은 시대 착오적이다. 오늘날 발레와 힙합 모두 특정 계층이나 집단의 문화에 머무르지 않는다. 백인이 힙합 한다고, 흑인이 발레 한다고 백안시하던 시대는 지났다는 것이다. 최근엔 힙합과 발레를 결합한 힙레(hiplet)라는 신종 장르도 등장했다. 무용수들이 포인트 슈즈를 신고 발끝으로 걸으며 스웨그를 뽐낸다. 그러니 발레-힙합 영화는 제발 그만 등장했으면 좋겠다.

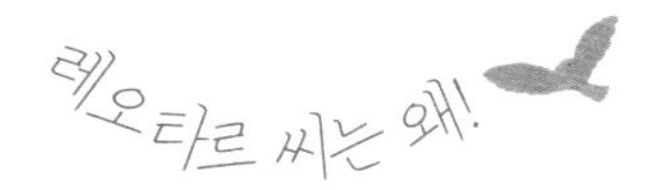

발레 만화 〈댄스 댄스 당쇠르〉는 일본 장르 만화가 으레 그러하듯 천방지축이지만 천재적인 재능을 타고난 주인공이 우연히 발레에 입문하여 '노력! 청춘! 성장! 라이벌!'을 만나고 경험하는 이야기다. 1권은 주인공 준페이가 어떻게 발레에 입문하는지, 특히 어떤 문화적, 심리적, 가족사적 저항을 딛고 발레에 매진하게 되는지 구구절절하다. 발레는 남자가 진지하게 할 분야가 아니라는 편견이 진동하는 가운데 준페이는 이성 친구 미야코의 호감을 얻으려고 얼결에 발레 수업에 갔다가 발레 선생님으로부터 레오타드를 건네받는다. 그런데 이걸 어떻게 입어야 할지 몰라 쩔쩔

매는, 입고 나서 민망해하는 장면이 압권이다. 남자가 발레를 하기 위해 복장을 갖추는 것, 그러니까 남성 속옷인 댄스 벨트를 착용하고 레오타드 입는 것을 받아들이는 과정은 준페이의 통과 의례가 된다.

개그 콘서트에서 여러 해 전에 유행했던 코너 〈발레리NO〉는 레오타드 입은 남자를 희화화하는 걸 동력으로 삼았다. 하얀색 유니타드를 입고 금발 가발을 쓴 개그맨 서너 명이 나와 오직 사타구니 가리는 것을 포인트로 하는 동작을 성공하거나 실패하며 관객을 웃겼다. 이 코너는 인기가 많았고, 심지어 그 인기에 덩달아 주역급 발레리노가 동작을 지도했다는 기사도 나왔지만, 난 그걸 보는 남자 발레 무용수들의 속마음이 궁금했다. 대놓고 놀림 받았다고 느꼈는지, 이제야 자연스럽게 받아들여졌다고 느꼈는지 말이다.

어깨에서 엉덩이까지, 혹은 발까지 달라붙는 옷을 통칭하는 레오타드는 프랑스의 공중 곡예사인 쥘 레오타르(Jules Léotard, 1838-1870)의 이름을 물려받았다. 공중그네 세 개를 넘나들며 날아다니는 곡예로 유명했던 그는 안전과 민첩성을 위해 몸에 딱 붙게 니트로 짠 옷을 고안해 냈다고 한다. 레오타르가 죽은 후에, 발음도 틀린 채로 전파된 레오타드는 쓰임새 많은 활동복이 되었다. 온몸으로 정교하게 움직이기 위해 걸리적거리지 않는 옷을 입는 건 지극히 합리적인 선택일 터. 섬유 기술의 발달로 스판덱스나 라이크라처럼 탄력적이고도 내구성 좋은 소재가 등장하면서 레오타드는 여러 분야로 전파되었다. 아크로바틱뿐 아니라 발레, 체조, 피겨 스케이팅, 레슬링, 에어로빅, 수영, 사이클 등 격렬한 움직임을 행하는 분야에선 각자의 방식으로 특화된 레오타드를 입는다. 모든 움직임을 최소한으로 방해한다는 점에서 레오타드는 의복의 기본 값이라 할 수 있다.

발레 무용수에게 레오타드는 엄숙한 의복이다. 레오타드야 매일 입는 것이지만 레오타드만 입는 것은 완전 다른 이야기다. 대학 입학시험이나 발레단 오디션에서 여성은 검은 레오타드에 분홍색 타이츠, 남성은 흰색 반팔 레오타드에 검은 타이츠를 입도록 규정되어 있다. 평소 입던 워머나 티셔츠, 스커트를 벗어 버리고 타이츠와 레오타드 차림으로 선 무용수들에겐 긴장감이 감돈다. 레오타드는 X-레이처럼 무용수의 골격과 근육과 건, 자세와 정렬과 테크닉을 일말의 분칠 없이 적나라하게 드러낸다. 그래서 무용수들은 화려한 튀튀보다도 간결한 레오타드만 입고 무대에 서는 걸 가장 두려워한다.

레오타드의 엄숙함은 다른 분야에서도 마찬가지다. 체조나 피겨 스케이팅, 레슬링 경기엔 명확한 복장 규정이 있다. 레오타드만 입는다는 것은 편법을 용납하지 않는다는 메시지이자, 진지하게 임하겠다는 선언과 같다. 레오타드만 입고 링 위에 선다는 건 계급장 떼고 맞붙는 것이다. 그때까지의 명성이나 성취를 모두 뒤로한 채, 현역으로 도전함을 뜻한다.

하지만 링 밖에 머무르는 이들에게 '쫄쫄이'의 낙인은 강하다. 그들은 군살과 몸의 굴곡을 그대로 드러내는 레오타드가 영 어색하고 부담스럽다. 특히 남성들 말이다.

몸의 자연스러운 굴곡을 있는 그대로 드러내는 게 레오타드라면 왜 남성에 대해서만 유독 못 견뎌 하고 우스워하는 것일까. 레오타드는 똑같은 소재로 몸을 고루 감싼다. 그렇게 만들어진 형태와 굴곡에 대해 어디는 괜찮고 어디는 볼썽사납다고 구분 지으며 백안시하는 건 인간의 눈일 뿐이다. 야하다고, 품위 없다고, 남성답지 못하다고 손가락질하고 비웃는 이들이야말로 몸에 대한 편견을 드러낸다. 몸을 몸으로 바라보는 대신 욕망을 투사하는 것이다.

그러니까 남성 발레 무용수들은 레오타르 씨를 원망할 필요는 없다. 오히려 〈발레리NO〉를 보고 깔깔대는 이들에게 정색했으면 한다. 물질하는 해녀의 잠수복을 비웃지 않듯, 소방관의 두꺼운 방화복을 우스워하지 않듯, 발레리노의 레오타드가 개그의 소재로 소비되어선 안 된다. 레오타드는 레오타르 씨가 공중에서 정밀하고도 안전하게 날 수 있도록 해 준 작업복이자, 지금까지도 수많은 이들이 자유롭게 움직이도록 해 주니까.

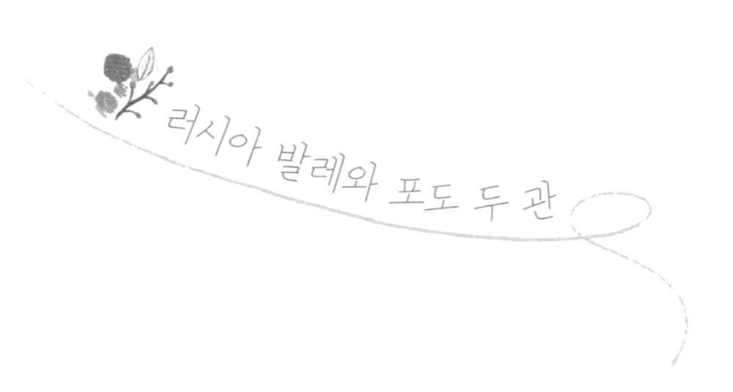

진귀한 이벤트가 열렸다. 1986년 아시안게임을 계기로 '볼쇼이 발레단과 소련 발레스타'라는 제목의 발레 공연을 부산에서 한다는 것이다. 소련과 정식 국교를 맺기 전인 데다 부산에선 외국 발레단은커녕 발레 공연 자체가 적은 탓에 평소 무용에 관심 없는 사람들도 들썩였다. 표는 일찌감치 동났는데, 엄마가 누군가에게 부탁해서 표 두 장을 구했다. 표 값을 제대로 드리고도 포도 두 관을 사례했으니 우리 가계로선 대단한 일이었다. 관(貫)은 약 3.75kg이다. 평생 들을 일 없던 그 계량 단위가 아직도 잊히지 않는 이유는 포도 두 상자를 가져다주면서 연신 고맙다고 하시던 엄마의

포도
포도

모습 때문이었을 것이다.

그래서 나는 난생처음으로 소련 발레단을 보고 인생이 바뀌었는가? 엄마와 형과 함께 유럽에서 문화 예술을 보러 다니는 그랜드 투어를 하다가 발레 공연을 보고 매료된 댜길레프처럼, 운명의 전환점이 되었는가? (러시아 귀족 출신의 세르게이 댜길레프는 발레 뤼스라는 발레단을 만들어 발레의 현대화를 이끈 흥행사다.) 아쉽게도 그렇진 못했다. 열 살에 불과했던 나는 발레 공연을 제대로 본 적이 없어 뭘 어떻게 보아야 할지도 몰랐고, 〈백조의 호수〉의 '네 마리 백조 춤'을 보면서 쓸데없이 발동작을 외우고 있었다. '귀엽군. 재미있겠다. 나중에 학원 가서 해 봐야지.' 모처럼 호텔 뷔페에 가서 후르츠 칵테일만 먹은 꼴이랄까.

어쨌든 '러시아=발레'의 공식은 '볼쇼이 발레스타' 공연으로 한반도를 강타했고, 내가 무용수로 성장하는 과정에서도 끊임없이 작동했다. '볼쇼이 발레스타' 공연 이후 소련이 러시아가 되는 동안 민간 차원의 발레 외교가 꾸준히 이루어졌다. 철의 장벽 너머 존재하던 미지의 존재들이 종종 부산까지 와서 워크숍을 지도했고 주위에서 러시아 발레 학교로 유학 가는 경우도 생겨났다.

아, 나는 얼마나 러시아 발레 학교에 유학 가고 싶었던가. 그 꿈은 얼마나 낭만적이고도 멀게만 느껴졌던가. 워크숍에서 만난 러시아 선생님들은 어쩜 그리 카리스마 넘치고 대단해 보였던가. 대신 나는 러시아 발레 학교 학생들의 사진엽서를 모았고 어렵게 구한 VHS 테이프를 돌려 보며 상상할 뿐이었다. 러시아 발레에 대한 거리감이 줄어든 건 발레단에 들어가면서부터다. 다국적 무용수들이 모인 발레단엔 러시아 무용수도 많고 선생님도 많았다. 매일같이 그들과 많은 시간을 보내며 그들도 인간임을 깨닫곤 했다. 우스운 말이지만 사실이다. 그만큼 러시아 발레는 오랜 시간 쌓인 명성과 권위가 강력했다.

발레계에서 러시아는 종주국이다. 발레가 러시아에서 탄생한 것은 아니지만 '완성'된 곳이기 때문이다. 러시아에 연수를 다녀온 나의 발레 선생님들은 그곳엔 극장을 청소하는 미화원들까지 발레단의 레퍼토리와 무용수의 특징까지 꿰고 있다고 감탄했다. 발레 한다고 하면 다리 찢기 해 보라는 말이나 듣던 나와 친구들에게 발레를 즐겨 보는 미화원 이야기는 얼마나 낭만적이었던지. 발레 학교는 몇천 명 중에 겨우 십여 명 뽑아서 몇 년 동안 제대로 가르친다더

라. 학교 복도엔 니진스키나 파블로바 같은 전설적인 선배들 사진으로 즐비하다더라. 러시아는 젖과 꿀이 흐르는 낙원으로 존재했다.

'러시아 발레'를 경외하던 내가 그 명성에 감히 도전장을 내밀 일이 생겼으니 미국에서 유학할 때다. 나는 수업을 가르쳐야 하는 의무 사항을 이수하기 위해 발레 테크닉 수업을 가르치겠다고 자원했다. 여기엔 사정이 있었다. 나는 스스로의 정체성을 발레 무용수라고 보았지만 미국에선 다문화주의를 상징하는 아시아인일 뿐이었기에 한국인이란 이유로 자꾸만 한국 무용을 춤추고 가르쳐 달라는 부탁을 받아 왔다. 어려서부터 한국 무용을 배웠지만 갑자기 전문가가 되어 가르치고 무대에서 공연까지 해야 하는 상황까지 발생하자 불편함을 느꼈다. 내가 오랫동안 익혀 온 발레보다도 나의 국적과 피부색 때문에 한국 무용이 더 효용가치가 높다는 점이 낡아 보였다.

춤과 다문화주의에 대한 수업이 아니라 발레를 가르치고 싶다는 나의 발언에 학과 사무실은 난색을 표했다. 발레 수업은 모두 러시아 선생님이 가르쳤기 때문이다. 미국에서도 발레는 러시아가 본국이라는 통념이 오랫동안 작동했기에 한국인이 미국인들에게 발레를 가르치겠다는 제안에 당황해했다. 결국 나는 학과장 교수님께 호소했다.

> "나는 프로페셔널 발레 무용수 경력을 가졌고, 교육자로서도 여러 가지 연수를 이수했어요. 동작 시범도 제대로 보일 수 있어요. 왜 한국인이라는 정체성이 발레를 가르치는 데 걸림돌이 되나요?"

난 관행을 깨고 싶었다. 박사 과정생으로서 발레의 뿌리 깊은 백인 우월주의의 문제를 중요하게 고민했던 나는 이게 학문적인 행위라고 생각했기 때문이다. 학과장 교수님은 내가 발레 수업을 가르치도록 해 주셨다. 소수자가 주류 사회에 진출하여 존재감을 증명하듯, 나는 한국인이 미국인에게 발레 수업을 가르칠 수 있다는 것으로 증명하려 했다. 요즘같이 ABT에 서희가 있고 마린스키 발레단에 김기민이 있는 상황에선 별 문제가 아니었을 것이다. 한국은 발레계의 선진국 아닌가. 이미 세계의 주요 발레단에 한국인들이 진출한 지 오래고 발레 콩쿠르에서는 한국인 참가자들이

상을 휩쓸고 있다. '한국을 빛낸 발레스타'라는 이벤트성 공연이 여러 해 이어지면서 초기의 흥분이 사그라질 정도다. 그 옛날 볼쇼이 발레단 무용수 몇 명에다 이런저런 무용수들을 모아 아무런 무대 장치도 없이 짜깁기한 갈라 공연에도 감격하고, 포도 두 관을 들고 가 사례하고 보았던 나는 격세지감을 느낀다.

이제 '러시아 발레'는 일상적 소비재가 되었다. 발레 교수법인 바가노바 메소드를 이수하고 러시아로 단기 연수나 유학을 간다. 필요하면 취하되 특별한 의미 부여를 하진 않는다. 그만큼 흔해지고 쉬워졌다. 오늘날 한국의 발레 무용수는 러시아 발레에 대해 별로 주눅 들지 않는다. 무언가를 증명할 필요 없이 제 실력으로 겨룰 수 있는 환경이 된 게 반갑고 좋다.

"나는 프로페셔널 발레 무용수 경력을 가졌고,

교육자로서도 여러 가지 연수를 이수했어요.

동작 시범도 제대로 보일 수 있어요.

왜 한국인이라는 정체성이

발레를 가르치는 데 걸림돌이 되나요?"

발레를 배우는 학생의 로망은 발끝으로 서는 것이다. 그러니 발레 선생님의 애로 사항은 발끝으로 설 준비가 되지 않은 학생을 만류하는 일이다. 이제 포인트 슈즈를 신어 보자고 권유하는 경우보다, 아직은 신으면 안 된다고 설득해야 하는 일이 더 많다. 진짜다. 남들은 다 신는데 우리 애만 뒤처졌다고 걱정하거나, 어서 포인트 슈즈를 신게 해 주지 않으면 다른 학원으로 옮기겠다고 압박하는 학부모도 많다. 오죽했으면 포인트 슈즈를 만들어 파는 회사인 카페지오(Capezio)에서 '왜 나는 포인트 슈즈를 신을 수 없는가(Why Can't I Go on My Toes)'라는 팸플릿을 만들었겠는가. 발레 교수법 책에선 아예 해부학과 발레에 대한 이론서를 복사해서 학부모와 학생들에게 나누어 주라는 조언도 해 준다. 학부모와 학생들의 불만과 의구심에도 불구하고 이렇게까지 만류하는 선생님이라면 믿고 의지해야 한다. 포인트 슈즈를 신으려면 기초를 제대로 다져야 한다는 원칙을 지키는 분이시니까.

발가락에 힘 준다고 발끝으로 설 수 있는 게 아니다. 발등이 충분히 펴져야 종아리나 허벅지 근육을 과하게 사용하지 않으며 올라설 수 있고, 근력이 충분해야 허리, 고관절, 무릎, 발목으로 가해지는 압력을 감당할 수 있다. 어린 학생의 경우 뼈가 충분히 자랄 때까지 기다려야 한다. 만 10세까지는 포인트 슈즈를 안 신는 게 불문율이다. 발에는 손만큼 많은 근육이 있고, 무용수들은 발을 손만큼이나 섬세하게 조절하고 강하게 사용한다. 이에 충분한 근력과 기술을 갖추려면 3~4년의 집중적인 훈련이 필요하다.

발을 손처럼 사용하려니, 그 훈련 과정은 지난하다. 고무밴드를 발에 감고 이리저리 늘리고 버티며 발가락과 발목의 근력을 강화시키고, 손이나 기구를 활용해 발목을 늘려 아치를 만든다. 풋 롤러, 테니스공, 마사지 봉 등을 활용해서

발바닥의 근육을 섬세하게 풀어 준다. 일반인들은 발을 하나의 덩어리쯤으로 여기곤 하지만 발레 무용수들에게 발은 손, 아니 얼굴만큼이나 수많은 표정과 개성을 가진 신체 부위다. 어디서건 늘 발을 주물러 대고 들여다보기 때문에 자기 발을 잘 알고 있다. 무용수라면 자기 발이 더럽다고 생각하는 사람은 없다!

나는 초등학교 4학년 때 처음으로 포인트 슈즈를 신었다. 그날의 장면이 떠오른다. 어느 날 학원 선생님이 우리에게 포인트 슈즈를 보여 주며 끈을 꿰매 주고 포인트 슈즈 바닥을 만져 주고 리본을 묶어 주었다. '그림에서만 보던 포인트 슈즈를 드디어 신는구나!' 어린 마음에도 감격스러웠다. 포인트 슈즈를 신고 올라서는 연습을 한 후, 다 같이 원으로 돌며 워킹을 했다. 우리는 캣 워크 하는 모델처럼 까불며 무용실을 돌고 또 돌았다. '이제 난 발레리나로서 걸음마를 하는 거야!' 처음 포인트 슈즈를 신은 날은 자신의 첫 걸음마를 기억하는 아기처럼 묘한 기억으로 남는다.

포인트 슈즈를 신는 건 부드러웠던 발이 고목나무 뿌리처럼 거칠어지는 과정이기도 하다. 체중이 실려 발톱이 까

매지고 발가락 마디마디 물집 잡히고 까지는 건 예사다. 아무리 테이프로 발가락을 감싸고 쿠션을 대어도 작품 두세 번 연습하면 피가 났다. 게다가 난 뒤꿈치가 튀어나온 편이라 포인트 슈즈의 뒤축에 쓸려서 늘 붓고 피가 나곤 했다. 포인트 슈즈 뒤축을 자르고 고무줄로 잇거나 솜을 대거나 온갖 방법을 다 써 봐도 소용없었다. 굳은살이 충분히 쌓이고 나서야 웬만한 연습엔 끄떡없는 발로 거듭났다. 뜨거운 모래에 손을 박으며 단련하는 쿵후 영화의 한 장면처럼 단단하고 날카롭게 벼려진 발이 되면 비로소 포인트 슈즈를 신었다는 것을 잊어버리고 자유롭게 춤출 수 있달까.

발끝으로 서는 로망은 전공반이나 취미반이나 마찬가지다. '로망'의 차원에서라면, 취미반이 한 수 위인지도 모르겠다. 취미로 발레를 배우다 보면 클래스만으로는 왠지 아쉬워서 포인트 슈즈도 신고 싶고, 좋아하는 작품도 해 보고 싶고, 무대에도 서 보고 싶은 마음이 들기 때문이다.

최근에 취미 발레인의 콩쿠르를 구경했다. 발레복과 무대 화장을 갖추고 공연장 안팎에서 몸을 푸는 이들의 모습은 여느 발레 콩쿠르장과 다르지 않았다. 70세 넘은 할머니가 고운 발레복을 입고 춤추시는 모습이 감격스러웠고, 프로 무용수만큼이나 표현력이 좋은 참가자도 여럿 있어 놀랍기도 했다.

하지만 기초가 덜 다져진 상태에서 포인트 슈즈를 신은 탓에 얼음판 위에 올라선 것처럼 아슬아슬하게 춤추는 이들도 많았다. 일단 포인트 슈즈의 발끝에 해당하는 토박스가 바닥에 수직으로 세워져야 바닥을 누르며 안정적으로 몸을 움직일 수 있는데, 그 정렬이 맞지 않으니 언제라도 넘어지거나 발목을 삘 것 같아 불안했다.

발레를 배우면 어서 포인트 슈즈를 신고 무대에 서고 싶어진다. 발끝으로 서야만 제대로, 진짜 발레를 한다고 생각하기 때문이다. 하지만 한 뼘 위 공간에서 부상 없이 춤추게 해 주는 건 꾸준히 쌓아 온 기초의 힘이다. 기초 단계에서 차근차근 꼼꼼히 쌓지 않으면, 듬성듬성 이 빠진 젠가처럼 한 순간에 와르르 무너질 수 있다. 〈아기 돼지 삼 형제〉의 막내 돼지처럼, 지루하고 별 진척 없어 보이는 과정을 견뎌 내야 한다. 발끝으로 선다는 로망의 진짜 뜻은 발끝으로 섰다는 의식을 하지 않고 춤추는 것이다.

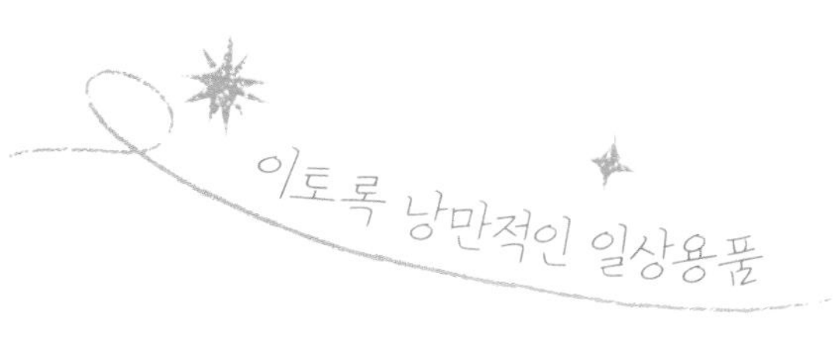

이토록 낭만적인 일상용품

발레단에 입단해서 예상치 못한, 그러나 가장 짜릿한 순간이 뭐였을까? 내 발에 맞춰 만든 포인트 슈즈를 받는 것이었다. 그것도 무한정으로! 내 몫의 포인트 슈즈가 선반에 가득 들어찬 것을 보며, 이 세상의 것이 아닌 사치를 누리는 기분이었다. 아, 포인트 슈즈 살 걱정 안 하며 춤출 수 있다니.

발레리나의 가방에는 포인트 슈즈가 가득하다. 한 켤레에 몇 만 원 하면서도 고작 열 몇 시간 정도 버티니, 잘 말리고 번갈아 신어야 수명이 조금이라도 연장된다. 포인트 슈즈를 신기 위해선 여러 단계의 공정이 필요하다. 새 슈즈에 리본과 고무줄을 다는 것은 기본. 자기 발에 맞춰 길들

grocery
MARKET

이고 이리저리 꿰매고 자르다 보면 거의 새로 만드는 수준이다.

포인트 슈즈는 비싸다. 하나하나 손으로 만드는 것이니 어쩔 수 없지만 한 켤레에 5만 원에서 15만 원까지도 간다. 그리쉬코 같은 러시아 브랜드는 중가, 프리드나 카페지오 같은 미국이나 유럽 브랜드는 고가다. 한때 미투리나 샛별 같은 국산 브랜드도 있었다. 미투리는 국내 무용용품 브랜드의 터줏대감이고 샛별은 내 또래들도 잘 모르던 마이너 브랜드였다. 둘 다 포인트 슈즈를 더 이상 만들지 않는다. 나는 중, 고등학교 때 샛별을 주로 신었다. 수입 포인트 슈즈보다 투박하고 무거웠지만 싸고 그럭저럭 오래 버티는 편이었다. 딱딱한 토박스가 다 무너질 때까지 신다가 더 이상 못 버티면 아예 부드럽게 될 때까지 두드려서 소프트 슈즈로 신기도 했다.

중국 광저우 발레단에 입단했을 때 가장 먼저 한 일 중 하나는 발레 슈즈 공장에서 발 사이즈를 재는 것이었다. 발레단은 당시 시내에서 좀 떨어진 한적한 요양원 자리에 위치했는데 거기에 딸린 작은 건물에서 서너 명이 하루 종일 포인트 슈즈를 만들었다. 연습용은 면으로 만들고 공연용은 공단으로 만들었으며, 판매용은 단장님의 이름을 딴 로고를 인두로 찍어 팔았다. 마치 수제화를 맞추는 과정처럼, 그들은 내 발 모양을 따라 나무로 된 본을 만든 뒤 여기에 천과 아교풀을 덧입히며 한 켤레 한 켤레 만들어 주었다. 중국의 포인트 슈즈는 내가 신던 포인트 슈즈들보다 좀 더 날렵하고 앞코도 납작했으며 바닥은 좁았다. 뭔가 견고한 느낌은 적었지만, 아무러면 어떤가. 바닥창에 볼펜으로 내 이름을 표기한 포인트 슈즈를 장인으로부터 받아 드는 기분이란 초콜릿 공장에서 냇물처럼 콸콸 흐르는 초콜릿을 가득 퍼 올린 찰리가 느낄 법한, 아니 딱 한 테이블만 있다는 레스토랑에서 대접받는 특별함이었다.

발레단에서 직접 포인트 슈즈를 만드는 경우는 흔치 않다. 내가 경험한 발레단-공장의 모델은 매우 드문 사례라 할 수 있고, 포인트 슈즈 산업은 일찍이 전문화, 분업화가 되었다. 하지만 유행은 돌고 도는 법. 세계의 주요 발레단에선 테일러메이드 포인트 슈즈가 등장하기 시작했다.

주역급 무용수가 지속해서 많은 양의 포인트 슈즈를 신다 보니 각 무용수를 담당하는 '메이커'가 자연스럽게 정해졌다. 무용수의 요구에 따라 이음선의 위치, 밑창의 너비,

바닥창의 탄력이나 토박스의 모양을 세심하게 조율하여 '나만의', '나를 위한' 포인트 슈즈가 탄생한다. 이 과정에서 무용수와 장인 사이에 직접적이고도 인간적인 관계가 형성된 것이다. 장인이 아프면 그가 담당하는 무용수는 한동안 포인트 슈즈 기근에 허덕이고, 이에 서로의 안부를 묻고 의견을 조율하며 지낸다. 오늘날 테일러메이드 포인트 슈즈의 존재는 싸고 손쉬운 공장 제품이 넘쳐 나도, 오히려 그렇기 때문에 핸드 메이드, 홈 메이드, 개인 맞춤, 엄마표가 더욱 각광받는 심리에 걸맞다. 그러나 이러한 '손맛'은 주역급 무용수에 한정될 뿐이니 군무 무용수는 기성품을 신는다는 현실로 돌아오자.

포인트 슈즈는 한 브랜드 안에서도 여러 모델이 있고 다시금 발 길이와 발볼 너비, 바닥창의 강도에 따라 세분화된다. 무용수들은 모델이나 사이즈를 조금씩 바꾸어 가며 완벽한 슈즈를 찾아 간다. 작품에 따라 보다 견고한, 혹은 보다 부드러운 슈즈가 편하기 때문에 두세 가지 모델을 번갈아 신기도 하고, 시간의 흐름에 따라 발 모양이나 상태가 달라져서 사이즈를 줄이거나 늘이기도 한다. 나는 입단할 때 그리쉬코 푸에테 모델의 8½ XXXX에서 시작해서 퇴단할 때쯤엔 마야 XX로 끝났다. 2년 만에 발볼이 두 사이즈나 줄고 편한 모델도 바뀌었다. 그런데 퇴단하고 나서 얼마 후에 포인트 슈즈에 발을 집어넣자 꽉 죄었다. 하루 종일 춤추는 일이 더 이상 내 본업이 아님을 실감하는 순간이었다.

포인트 슈즈는 크로아상이 아니라 바게트다. 사치품이 아니라 필수품이란 얘기다. 발레단 의상실의 포인트 슈즈 선반은 천장까지 닿았다. 무용수의 이름이 붙어 있는 칸칸마다 포인트 슈즈로 가득하고 무용수들은 식료품 창고를 구경하듯 자기 포인트 슈즈 칸을 들여다보며 흐뭇해한다.

의상실에선 무용수가 무엇을 몇 켤레 가져가는지 꼼꼼히 기록하지만 무용수마다, 작품마다 변수가 있기 때문에 수량에 제한을 두진 않는다. 무용수가 매년 신어 대는 슈즈는 어마어마한 양이다. 뉴욕 시티 발레단은 연간 만 켤레를 사용한다고 한다. 돈으로 환산하면 7만 8천 불어치다. 그래서 발레단들은 포인트 슈즈 비용을 아끼기 위해 노력한다. 한 브랜드에 집중하는 차떼기 전략으로 비용을 절감하는 건 기본이다. 포인트 슈즈 구입을 위한 후원금을 모금하는 발레단도 있다. 발레리나에게 포인트 슈즈를 선사합시다! '무용수들 월급과 버스 연료비를 후원해 주세요!'보다 훨씬 낭만적이고도 효과적인 캠페인이다.

그러고 보니 포인트 슈즈는 시작부터 지갑을 열게 하는 마법을 부렸다. 1842년 포인트 슈즈의 기원이라 할 수 있는 전설적인 발레리나 마리 탈리오니가 러시아 투어에서 마지막 공연을 끝냈을 때 발레 마니아 관객들이 그녀의 슈즈를 경매에 부쳐 200루블에 낙찰받았고, 이를 요리하여 나누어 먹었다던 도시 전설이 있다. 지금도 유명 발레리나가 신었던 낡은 포인트 슈즈에 사인을 해서 파는 자선 행사가 많다. 발레용품숍에는 손가락 길이만 한 포인트 슈즈 기념품이 색깔별로 들어서 손님을 유혹한다. 다 쓴 포인트 슈즈를 재활용해서 팔찌나 키링 등으로 만든 업체도 생겨났다. 친환경 업사이클링의 이면엔 탈리오니의 슈즈를 요리해 먹은 발레 마니아가 아른거린다. 포인트 슈즈처럼 낭만적인 일상용품이 있을까 싶다.

바닥창에 볼펜으로 내 이름을 표기한 포인트 슈즈를

장인으로부터 받아 드는 기분이란

초콜릿 공장에서 냇물처럼 콸콸 흐르는

초콜릿을 가득 퍼 올린 찰리가 느낄 법한,

아니 딱 한 테이블만 있다는 레스토랑에서

대접받는 특별함이었다.

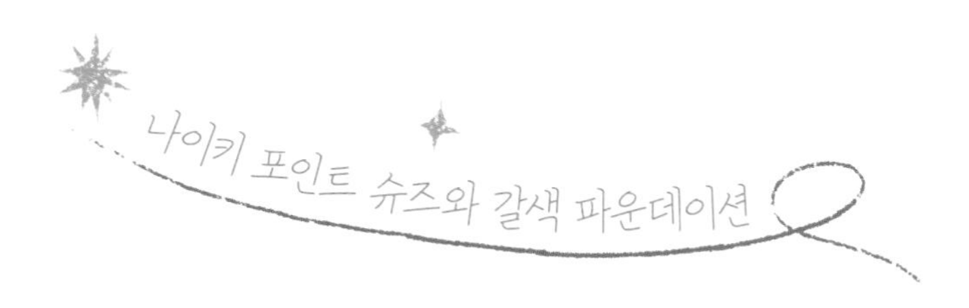

인터넷에서 나이키 포인트 슈즈를 본 적이 있다. 통기성 좋은 최첨단 소재, 단단하게 발목을 감싸 주는 굵은 고무줄, 오랜 훈련에도 무너지지 않는 발끝과 밑창, 그리고 나이키 로고까지. 와, 너무 멋졌다. 착용 후기가 궁금한데 아무리 찾아봐도 없었다. 알고 보니 디자인 전공 학생이 만든 시안이었을 뿐이다. 김이 빠졌다. 나이키 포인트 슈즈 같은 걸 보려면 얼마나 더 기다려야 할까.

포인트 슈즈는 1880년대에 등장했다. 마리 탈리오니라는 발레리나가 발끝으로 올라서는 기술을 연마하여 대스타가 되었는데, 그녀는 부드러운 신발을 신었기에 온전히 자기 힘으로 잠깐 발끝에 올라서는 수준이었다. 이후 앞코가 납작해지고 밑창이 단단한 슈즈가 개발되면서 발레의 테크닉이 비약적으로 발전했고 공기처럼 가벼운 발레리나가 탄생했다.

1920년대는 포인트 슈즈의 발전기였다. 카페지오(Capezio), 니콜리니(Nicolini), 셀바(Selva) 등 미국에서 활동하던 이탈리아 구두 장인들이 포인트 슈즈의 디자인과 기능을 탐구했다. 바닥엔 가죽과 종이를 어떤 조합으로 몇 겹 깔 것인가, 토박스의 모양과 발끝까지의 길이는 어떻게 조합할 것인가, 발끝은 천으로 감쌀 것인가 아니면 스웨이드로 감쌀 것인가, 발끝 부분을 어떻게 처리해야 점프할 때의 충격을 흡수할 수 있을까, 리본과 고무줄의 위치와 모양은 어떻게 할 것인가. 정답이란 없었으니 상상력과 창의력이 마구 샘솟았다. 성수동 수제화 골목처럼 작지만 전문적인 포인트 슈즈 가게들이 앞다투어 특허를 신청하고 광고하던 시절이라니, 너무 근사하다.

그런데 포인트 슈즈의 발전은 딱 거기까지였다. 오늘날 포인트 슈즈 회사들은 각 회사마다 토박스의 모양, 길이, 너비,

바닥의 길이, 부드러움 등에 따라 매우 세분화된 라인을 출시하고 있다. 하지만 모두 마분지와 마대 천, 석고, 아교풀 등을 사용한다는 점에서 100년 전의 포인트 슈즈와 큰 차이가 없다. 에어쿠션을 넣은 농구화 에어조던이 탄생한 것이 1980년대. 스포츠 용품이 신소재에 첨단 기술을 탑재하며 발전하는 동안 포인트 슈즈는 제자리에 있었다. 여전히 발가락이 짓눌려 물집이 잡히고 피가 나는 것은 진지한 발레리나가 되기 위한 통과 의례로 낭만화될 뿐이다.

포인트 슈즈를 개선하려는 노력이 없었던 것은 아니다. 20년 전에 게이너 민든(Gaynor Minden)이라는 새로운 회사가 등장해서 플라스틱 밑창을 사용한 포인트 슈즈를 출시했다. 종이나 가죽보다 단단한 데다 자기 발 모양에 맞춰 드라이어로 모양을 잡을 수 있어 편하고 보다 오래 사용할 수 있다고 평가되었다. 하지만 민든 포인트 슈즈가 발레계에서 받아들여지기까지는 꽤 오래 걸렸다. 정통이 아닌 '속임수'라고 비난받았기 때문이다. 최근에는 실리콘과 같은 신소재를 사용한 포인트 슈즈, 무용수의 발 모양에 맞추어 3D 프린터로 찍어 낸 포인트 슈즈가 등장했는데 이들이 상용화되려면 또 어느 정도의 시간이 필요할지 모르겠다. 이렇게 보면 전통이란 것이 가치 있기에 오래된 것인지 아니면 오래되었기에 가치가 생겨 버린 것인지 모를 지경이다.

혁신은 기술의 문제가 아니라 관점의 문제이다. 최근 영국 포인트 슈즈 메이커인 프리드(Freed of London)는 유색인 무용수를 위한 포인트 슈즈를 출시했다. '발레 브론즈', '발레 브라운'이라는 이름의 라인은 기존 연핑크 포인트 슈즈보다 색이 진하다. 아시아인 및 흑인 무용수를 위한 포인트 슈즈다. 잠깐, 그러면 지금까진 어떻게 춤춘 거지? 이들은 포인트 슈즈를 자신의 피부색에 맞추기 위해 포인트 슈즈에 파운데이션을 발라 왔다. '팬케이킹(pancaking)'이라 불리는 이 작업은 번거롭고 화장품 비용이 많이 들 뿐 아니라 포인트 슈즈를 무르게 한다. 더군다나 백인 무용수는 하지 않는 공정을 반복하는 과정에서 유색인 무용수는 자신이 발레에서 주류가 아님을 끊임없이 상기하게 된다. 발레는 백인의 문화라고, 나의 피부색에 맞지 않는 것이라고.

프리드라는 요정 할머니가 나타나 흑인 발레리나에게 갈색 포인트 슈즈를 선물해 주었지만, 문제는 해결되지 않았다. "하지만 요정님, 타이츠는요?" 그렇다. 핑크 타이츠에 갈색 포인트 슈즈를 신을 순 없는 법. 타이츠가 왜 이렇게 문제냐 하면 현대 발레 작품에선 주로 맨다리를 드러내지만 고전 발레 작품에선 핑크 타이츠를 신기 때문이다. 핑크 타이츠가 규범인 한 갈색 포인트 슈즈는 반쪽짜리 혁신일 뿐이다.

최근 흑인 발레리나 프레셔스 애덤스가 고전 발레 작품에서 자신의 피부색에 맞춰 갈색 타이츠를 신겠다고 선언하여 논란이 되었다. '살색'의 정치가 대두된 지 오래건만 발레계에선 핑크 타이츠가 전통으로 군림해 왔다. 그러나 전통이라 믿어 온 것의 뿌리는 생각만큼 단단하지 않다. 오히려 전통이라는 이름으로 무엇이 억압되어 왔는지 들여다볼 필요가 있다. 혁신이란 나이키 포인트 슈즈 같은 뜬구름이 아니라 그저 갈색 스타킹과 갈색 포인트 슈즈로 갈아 신는 것처럼 간단한 일일지도 모른다.

발레리나 룩에 대한 단상

생각해 보면 지극히 논리적이지만 한 번도 생각해 보지 않은 가설이 증명될 때 당황스럽다. 이를 테면 내 혈액형은 A형인데 B형 아이를 낳았을 때처럼. 산부인과에서 퇴원하려고 겉싸개에 싸인 아이를 안아 들면서 아이가 B형이라는 말을 들었을 때 순간 당황했다. 남편이 B형이니 지극히 논리적이다(내가 AO형이라는 증거를 이제야 얻었다). 다만 그때까지 한 번도 생각해 본 적이 없을 뿐.

이와 비슷하게 평생 생각해 본 적 없지만 논리적으로 납득할 수 있는 또 다른 가설이 '발레리나는 웨딩드레스에 시큰둥하다'이다. 웨딩드레스, 그러니까 내 결혼식 말이다. 요즘은 간결하고 개성 있는 결혼식을 선호하는 추세지만 내가 결혼할 때만 해도 붕어빵 같은 대형 결혼식이 주류였다. '결혼식은 여자의 로망'이라느니, '스드메는 필수'라느니, '웨딩 컨설턴트를 잘 활용하는 게 알짜'라느니 조언들이 쏟아졌다. 친구 중엔 몇 달에 걸쳐 웨딩드레스숍만 십여 군데를 돌며 입어 보고(심지어 유료 피팅까지), 메이크업과 헤어도 몇 군데를 방문하여 신중하게 결정한 이도 여럿이다. 한 군데 숍에서 드레스 세 벌 입어 보고 그 자리에서 결정해 버린 나는 성의 없는 축에 들었다. 그저 나의 귀찮음과 한 방 주의 그리고 건조하기 짝이 없는 성격 때문이라 여겼다.

문제는 결혼식 날. 유학 중에 방학하자마자 일주일 만에 결혼식을 치르느라 시차 적응도 덜 되었지만 드레스와 풀 메이크업, 티아라로 치장하고 나니 문득 기시감이 느껴졌다. 화려하게 꾸몄겠다, 사람들이 몰려온다, 조명이 쏟아진다……. 그러고 보니 결혼식은 공연이잖아. 친구들은 결혼식 할 때 친정 부모님 보고 눈물 참느라 혼났다는데, 난 무대용 미소를 잃지 않았다. 결혼식 전부터 피곤함이 몰려와 혼이 나간 터, 드레스 입고 웃으며 서 있던 존재는 무대에서 단련된 나의 아바타랄까.

발레를 하면서 온갖 드레스를 다 입어 봤다. 웨딩드레스가 제아무리 화려한들 발레 의상에 비할쏘냐(화려하다고 비싼 건 아니지만). 발레 의상은 스팽글과 스와로브스키 큐빅, 염색한 깃털과 황금 밧줄, 레이스와 반짝이 가루로 뒤덮여 있다. 의상실에서 만든 콩쿠르용 의상이 성에 차지 않으면 동대문 종합 시장에 가서 온갖 색깔과 모양의 큐빅과 장식을 사 와 다리미로 접착면을 녹인 뒤 의상에, 머리에, 탬버린이나 부채에 붙이기도 했다. 단위 면적당 최대치의 화려함을 구현한다. 이 과함은 '그냥 보면 촌스러워도 무대에선 이쁘다'라는 말로 정당화된다.

발레는 화려함과 친숙하다. 여러 겹의 망사로 된 튀튀에 보석과 깃털로 장식한 발레리나. 사람들이 떠올리는 발레리나의 이미지다. 정작 발레 전공자들은 이 화려함에 크게 현혹되지 않는다. 발레로 잔뼈가 굵은 무용수들에게 튀튀는 작업복일 뿐이요, 화려함은 무대 위 설정일 뿐이다. 오히려 이들 세계에서 최고의 간지는 레오타드만 입고 자신 있게 춤추는 것이다. 정직하게 드러나는 몸의 라인과 움직임, 리듬과 강약은 배경이 간결할수록 더욱 돋보이기 때문이다. 단조로운 레오타드 밑으로 완벽한 곡선과 라인들이 만들어졌다가 사라지는 게 섬세하게 관찰된다. 다른 것의 도움을 받지 않고 오직 인간의 몸으로 만들어 내는 조화와 역동성이 아름답고도 경건하다.

그런데 이젠 '발레리나 룩'이 '여성스러움'과 '우아함'을 상징하는 패션 룩이 되었다. 몇 년 전 걸음마를 시작하는 아가들에게 거대한 총천연색 튀튀 스커트를 입히는 게 유행하더니 여자아이들과 성인 여성들에게도 튀튀 스커트나 발레 슈즈풍 플랫 슈즈가 스테디셀러가 되었다. 이 여성스러움은 클릭 몇 번으로 총알처럼 배송된다. 발레리나 룩의 꺼질 줄 모르는 인기에 발레 전공자들은 복잡한 감정을 느끼곤 한다. 발레가 화려한 튀튀를 입고 여성스러움을 과시하는 것으로 소급되는 듯해서이다. 사람들이 좋아해 주니 좋으면서도 때론 원치 않는 방식으로 소진되는 것이 슬프기도 하다.

발레 학원을 크게 운영하는 선배를 만나러 간 적이 있다. 사무실에서 평상복 차림으로 이야기를 나누던 언니는 유치원생 아이들이 셔틀로 도착할 시간이 되자 서둘러 풍성한 튀튀를 꺼내 입었다. "애들은 이런 샤방샤방한 발레 선생님을 좋아하거든." 선배가 멋쩍게 웃었다. 곧 파스텔 톤 핑크 레오타드(물론 핑크 튀튀가 달렸다.)에 핑크 타이츠와 핑크 슈즈를 신고, 조금 더 진한 핑크색 발레 가방을 맨 아이들이 우르르 들어왔다. 화이트 톤에 몰딩이 화려한 발레 연습실에서 머리끝부터 발끝까지 핑크로 물든 여아들이 있는 세계가 발레인가. 취학 전 여자아이들이 장래 희망 1순위로 발레리나를 꼽는 게 당연한가. 세상은 전에 없이 발레를 사랑하지만 발레를 이해하는 건 아닌 듯했다. 전공자들은 알고 있다. 선생님이, 그리고 아이들이 풍성한 튀튀를 입고, 커다란 꽃이 달린 슈즈를 신는 수업은 제대로가 아니라는 것을. '나도 발레를 한다.'는 만족감을 줄 뿐, 정작 화려함 너머의 발레를 제대로 느끼긴 어렵다는 것을. 그러나 핑크 공주 발레리나는 힘이 세다. 길들이기 힘든 물소처럼, 핑크 공주 발레리나는 발레계를 먹여 살리는 한편 교란시키고 왜곡시킨다. 무지막지한 시장의 힘에 휘둘리지 않고 견제하기란 어렵다. 거리에서 마주치는 발레리나 룩이 마냥 반갑지만은 않다.

오른쪽 다음엔 왼쪽을

발레 선생님을 괴롭히는 방법은 간단하다. 비뚤어진 액자, 한 가닥만 삐쭉 솟은 올백 머리, 오른쪽 시퀀스만 하고 끝난 빈야사 요가, 왼쪽으로만 몸을 휘두르는 골프 스윙…….

발레는 대칭과 균형, 규칙과 패턴에 집착하는 예술이다. 컨트롤 프릭(control freak) 수준이다. 발레에 입문한다는 건 대칭과 균형을 온몸으로 체득하는 과정이다. 그게 얼마나 오래 걸리는지는 초급 발레 선생님들이 뼛속 깊이 알고 있다.

자, 거울 앞에 서서 두 다리와 두 팔과 몸통과 어깨가 좌우대칭을 이루는지 살펴보자. 어깨의 양쪽 높이가 같은가? 팔 길이가 같은가? 두 팔을 옆으로 벌려 보고 머리 위로 올려 둥글게 만들어 보자. 당신이 만든 평행선과 원이 완벽한

모양인가? 안타깝게도 정확하게 대칭을 만들 수 있는 사람은 매우 적다. 자기 팔다리가 어디에 있는지 감도 못 잡는 사람이 상당수이고.

발레 선생님은 다빈치가 그린 〈비트루비안 맨〉을 보면서도 고통받는 자이다. 〈비트루비안 맨〉이 누군가. 소위 '이상적인 인간' 아닌가. 이상적인 인간이라면 두 팔을 펼치고 섰을 때 두 팔 길이와 발에서 머리까지의 길이가 정사각형을 이루고, 배꼽을 기준으로 손끝과 발끝이 원을 이룬다는 그림이다. 정사각형과 원은 도형 중에서도 완벽한 도형이다. 그러니 인간의 몸은 우주적 섭리를 담고 있다는 믿음을 반영하고 있다. 그런데 〈비트루비안 맨〉을 자세히 들여다보면 두 어깨는 똑바로 정면을 향하는데 오른 다리는 정면을, 왼 다리는 측면을 향하고 있다. 당연히 골반이 왼쪽으로 살짝 돌아가 있다. 다빈치는 아마도 다리의 정면과 측면 모습을 한 그림에 담고자 했겠지만, 이런 상하체의 비대칭은 발레 선생님에게는 매우 거슬리는 자세다. 발레 선생님이라면 이 그림을 보고 '흠, 어깨는 올라가지 않았군.'이라 생각하면서도 바로 다음 순간 "골반 똑바로 해!"라고 소리 질렀을 것이다.

발레 선생님은 규칙과 패턴으로 사고하는 사람이다. 발레 선생님이 된다는 것은 매 수업 콤비네이션(발레 수업에서 사용하는 짧은 연습 동작구)을 짜야 한다는 것이고, 이는 그가 익힌 구성 원리를 시험하는 장이다. 오른쪽을 했으면 왼쪽을 해야 하고, 앞으로 갔으면 뒤로 가야 한다. 완벽하게 역순으로 시행될 수도 있다.

공간적인 기초는 '앞-옆-뒤'이다. 콤비네이션에서 가장 기초가 되는 구조가 앙 크루아(en croix), 즉 십자가 방향이다. 정확히 같은 동작을 앞-옆-뒤-옆으로 반복한다. 여기에 사선 개념이 더해지면서 공간은 여덟 방향으로 구별된다. 그 외, 그러니까 오른쪽 사선과 오른쪽 측면 사이에 어설프게 걸쳐진 동작 따위는 없다(발레 선생님이 참을 수 없으니까).

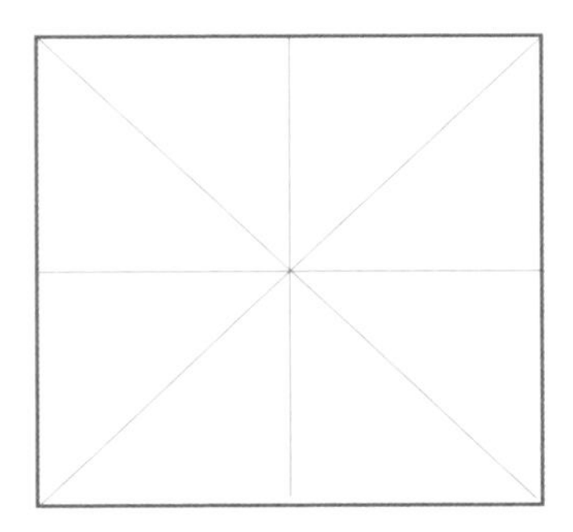

시간의 기초 단위는 2마디이다. 이를 바탕으로 콤비네이션의 구조는 4마디, 8마디, 16마디, 32마디 등 기하급수로 확장되는 게 원칙이다(컴퓨터 메모리풍이랄까). 6마디, 10마디, 12마디로 끝나는 콤비네이션은 찝찝함을 남긴다. 대학교 때 자꾸 콤비네이션을 12마디로 만드는 선생님 때문에 나와 친구들은 아무 말도 못 하고 머리를 쥐어뜯었다. '으으으, 뭔가 모자라! 동작은 끝났는데 음악이 계속 흐르는 어색함을 어찌한담.' 아귀가 맞지 않는 콤비네이션은 외우기도 힘들다.

발레 수업에서 누구도 체계적으로 설명해 주진 않지만 무수히 수업을 반복하는 과정에서 학생들은 그 구성 원리를 체득한다. 그래서 고급 레벨 수업에서의 의사소통은 간결하고 함축적이다. 내가 좋아하는 구성 원리로 "8(오)-8(왼), 4(오)-4(왼), 2(오)-2(왼), 1(오)-1(왼)-1(오)-1(왼)"이 있다. 단순한 발동작을 이렇게 번갈아 하면 16박자/4마디로 맞아떨어진다. 유레카! 1-2-3-4로 핀을 세워 10을 만드는 볼링만큼이나 완벽한 구조다. "네 번씩 앙 크루아!"라는 한마디를 외쳐 보라. 4(앞)-4(옆)-4(뒤)-4(옆)으로 16박자/4마디를 뚝딱 완성시킨다. "리버스(reverse)!" 역시 마법의 단어다. 이 한마디면 무용수들이 타임라인을 거꾸로 되감는 비디오처럼 춤춘다. 즉석에서 콤비네이션을 외우고, 이를 왼쪽으로, 거꾸로 변형시키는 무용수의 능력은 감탄스럽다.

그러니까 발레는 모든 게 딱딱 맞아떨어지는 수학, 기하학, 고전 물리학의 세계다. 몸의 좌우가 대칭을 이루고, 무대의 좌우가 대칭을 이룬다. 이토록 규칙이 굳건하고 예측 가능하다면 지루하지 않냐고? 그렇지 않다. 높은 레벨로 갈수록 원칙에서의 변주와 일탈도 능수능란해지니까. 논리적인 구조를 잃지 않으면서도 재치 있고 신선한 콤비네이션을 만드는 선생님의 수업은 학생들에게 쾌감을 준다. 유명한 발레 안무가는 (1×24, 2×12, 3×8, 4×6의 조합이 가능한) 24명의 무용수로 수십 가지 대형과 궤적과 패턴을 만들어 낸다. 발레의 즐거움은 시간과 공간 위에 펼쳐지는 대칭과 규칙의 논리적 향연이라 할 수 있고, 그 즐거움은 단순한 원칙에서 시작하여 무한한 조합으로 뻗어 나간다. 그러니 우선, 오른쪽 다음엔 왼쪽을!

노예 제도, 인신매매, 폭정의 발레

최근 미국의 아메리칸 발레시어터(ABT)는 〈해적(Le Corsaire)〉을 공연하면서 프로그램 책자에 다음과 같은 경고 문구를 넣었다.

> 이제 ABT의 고전 발레를 감상할 준비가 되셨으니, 우리는 이 작품이 다루는 까다로운 주제, 그러니까 노예 제도, 해적, 여성의 착취라는 주제에 대해 짚고 넘어가고자 합니다. <해적>은 해적, 파샤(터키의 지배자) 그리고 감금된 처녀들을 다룬 바이런 경의 1814년작 서사시에 일부 바탕을 두고 있으며, 원작은 160여 년 전에 초연되었습니다. 작품은 노예 제도와 일부다처

제가 사회 경제적 추동력이었던 시대와 장소에 맥락을 두고 있습니다.
많은 고전 작품들이 지나간 시대의 불편한 사회적 규범을 묘사합니다. ABT는 <해적>을 올리면서 소외된 이들을 존중하고자 일부 장면의 톤과 캐릭터를 조정하기로 결정했습니다. 일부 관객들은 여전히 문제적인 장면들을 발견하실 겁니다. 하지만 우리가 당시 시대를 살았던 삶을 반영하는 것이지 승인하는 것은 아니라는 점을 기억해 주시길 바라며, 관객 여러분들이 작품이 펼쳐지는 시대에 빠져들길 바랍니다.

고전 발레 작품에는 왕자, 공주, 귀족이 숱하게 등장한다. 현대인이 왕자, 공주 이야기를 자기와 동일시하기란 쉽지 않다. 게다가 이곳은 요정, 새, 악마, 심지어 과자도 춤을 추는 '환상의 나라'다. 유치하다고 비웃을지언정 정색하고 비판하는 경우는 적다. 그렇다면 ABT가 이렇게까지 〈해적〉에 대해 진지하게 해명한 이유는 뭘까?

〈해적〉의 주요 캐릭터는 해적들이다. 해적질이 당당히 내세울 일은 아니지만 '착한 해적'이라는 명목으로 미화된다. 주요 여성 캐릭터들은 인신매매로 팔려 와 폭군의 첩으로서 하렘에 갇혀 살아야 하는 성노예. 노예가 된 건 싫지만 배를 한껏 드러낸 이슬람풍 옷을 입고 즐겁게 춤춘다. 해적과 하렘 여인의 사랑을 방해하는 악당은 돈으로 여자를 사는 데 몰두하는 호색한 파샤. '악하고 폭력적인 무슬림 폭군', 혹은 '뚱뚱하고 멍청한 욕심쟁이 상인'으로 그려지는데 둘 다 불편하다. 그러니까 〈해적〉은 해적이 하렘 여인과 사랑에 빠져 악한 파샤로부터 여인을 구출하고 사랑을 쟁취하는 내용이다. 선과 악이 뚜렷하고 사랑의 승리로 끝나는 단순한 줄거리건만 여기에 깔린 이슬람 문화와 여성에 대한 비하는 영 불편하다.

최근 우리나라 국립 발레단이 〈해적〉을 올리면서 작품의 배경을 오토만 제국이 아닌 환상의 섬으로 바꾸고 여성 노예라는 설정을 삭제한 것도 이런 불편함을 제거하려는 노력이라 할 수 있다.

사실 〈해적〉은 발레의 역사에서 인기 레퍼토리가 아니다. 내용도 빈약하고 산만해서 전막을 공연하는 경우가 드물다. 그럼에도 불구하고 이 작품이 살아남은 이유는 다양한 춤, 파 드 되, 그리고 웃통을 벗어 던진 남성 무용수의 아드레날린 터지는 야성미 때문이리라. 주요 캐릭터인 콘라드와 알리는 헐렁한 하렘 바지에 웃통을 드러낸 채 돌고 뛴다. 머리를 휙휙 돌릴 때 사방으로 튀는 땀! 지탱한 다리를 천천히 구부리면서 도는 제자리 회전! 무대를 가로지르며 다리를 이리저리 꼬아 뛰는 점프! 이쯤 되면 관객들은 스토리도 캐릭터도 잊어버리고 그저 무용수에 빠져들게 된다. 분명 못마땅하지만 차마 버릴 수 없는 작품인 것이다.

뉴욕 시티 발레단의 〈팬시 프리(Fancy Free)〉도 〈해적〉만큼 문제작이다. 제롬 로빈스가 1944년에 안무한 이 작품은 해군 세 명이 잠시 육지에 내렸다가 펍에 들러 여성들과 시시덕대는 게 주된 내용이다. 시대 배경이 제2차 세계 대전이 한창인 때로 해군들의 사회적 인지도가 높았고, 그때 길거리에서 자주 보이던 사회상을 반영한 작품이라 할 수 있다. 세 명의 해군은 왕자와는 거리가 멀다. 유머러스하고 재치 넘치고 온갖 재간을 다 부릴 줄 안다. 남자들끼리 때론 목숨을 위협받으며 긴장된 상태로 살다가 간만에 뭍에 내리니 떠들썩하게 즐기고 싶은 기분, 예쁜 여자가 지나가니 어떻게든 관심을 끌며 좋은 시간 보내 보려는 노력, 친구들끼리 장난치고 여자랑 밀당하는 잔재미가 두드러진다. 발레로도 사랑을 많이 받았고 뮤지컬 〈온 더 타운(On the

Town〉〉으로 확장될 정도로 성공했다.

그런데 〈팬시 프리〉를 그저 재미난 발레로 보긴 어렵다. 해군들이 지나가는 여자의 관심을 끌어 보려는 과정이 오늘날의 눈으로 볼 땐 완전 성추행이기 때문이다. 여자가 나타나자 남자들이 길을 가로막는다. 그녀가 지나치려 하자 다시금 에워싸며 골반을 들이댄다. 남자 하나가 여자의 지갑을 낚아챈다. 여자가 항의하자 다른 친구에게 지갑을 넘기고 넘기며 약 올린다. 여자가 싫다고 항의할 때마다 남자들의 장난은 더욱 과격해지며 결국 그들과 춤추도록 유도한다.

한국 드라마에서 남자가 여자를 벽에 밀어붙이며 '남자의 박력'을 드러내거나 지나가려는 여자의 손목을 낚아채며 '남자의 순정'을 전달하려는 수사법과 닮은 꼴이다. '낭만'으로 소비되어 왔지만 더 이상 낭만으로 받아들일 수 없는 행위와 상황. 드라마는 지나가 버리는 것이니 항의를 통해 다음 드라마의 변화를 이끌어 낼 수 없지만 '고전'이 된 발레 작품들은 그럴 수 있다는 것이다. #metoo 시대에 〈팬시 프리〉는 살아남을 것인가, 〈해적〉처럼 '해명이 있는 발레'로 용서받을 것인가, 아니면 과감한 수정이 이뤄져야 하나. '정치적으로 올바른 〈팬시 프리〉'는 가능이나 할까.

시대에 뒤떨어진 인권 감수성이라는 문제는 발레를 비롯하여 역사가 긴 예술 장르에서 끈질기게 발견된다. 오페라 〈나비부인〉이나 〈마술피리〉, 〈라 트라비아타〉 등은 오늘날의 눈으로 볼 때 동양, 계급, 성에 대한 편협한 관점을 드러낸다. 그러니 예술 애호가란 정치적으로 올바르지 않은 내용과 작품의 매력 사이에서 분열되는 고통을 겪는 자이다. 머리로는 '고전'으로 사랑받는 작품의 세계관을 비판하지만, 마음으로는 작품 속 아리아를, 춤을 차마 버릴 수 없는 것이다.

지금까지 무용계가 대처해 온 방식은 아예 고전에 대한 패러디를 만드는 것이다. 매슈 본의 〈백조의 호수〉, 마츠 에크의 〈지젤〉 등은 유명한 고전 발레 이야기를 한껏 비틀어 조롱한다. 섹시한 남자 백조와 왕자의 사랑, 정신 병원에 갇힌 지젤 등 남녀가 역할을 바꾸고 주인공의 권위를 깎아내리는 전략이 한동안 유행했다. 하지만 '패러디'가 범람하는 것과는 별개로 고전이 제자리에 남아 있는 건 문제다. 작품의 외연이 아무리 넓어져도 중심축이 움직이지 않는 한 그 혁신은 한계가 있기 때문이다.

최근 발레계에서 활발히 수정되고 있는 춤은 〈호두까기 인형〉 중 중국 춤이다. 왕자로 변신한 호두까기 인형이 클라라를 과자의 나라에 데려가서 보여 주는 춤 중에 '중국 차의 춤'이 있다. 차(Tea)가 춤춘다니, 여기에 뭔가 현실성을 기대하기란 어렵지만 어쨌든 중국 복장의 남녀 무용수가 중국풍으로 춤을 춘다. 문제는 이 춤이 '중국적인 것'을 경박하고 우스꽝스러운 존재로 묘사한다는 것이다. 채신머리없는 수염을 붙인 남자 무용수가 종종거리는 걸음으로 둘째 손가락을 치켜들고 깡충거린다. 미국 발레단에서 활동하는 아시아계 무용수들이 이를 문제 삼으면서 점차 레퍼토리의 모양새가 바뀌는 추세다.

우리나라의 창작 발레 레퍼토리인 〈심청〉도 바뀔 수 있을까? 개인적으로 좋아하는 작품이건만 페미니즘적 관점에서 곱씹어 보면 불편한 구석이 있다. 아버지를 위해 딸이 목숨을 바친다거나 처녀를 산 채로 바다에 빠뜨린다는 끔찍한 설정은 말할 것도 없다. 내가 가장 불편한 장면은 청이가 배에 올라 물에 빠지기 전이다. 선원들은 뱃사람의 기개를 뽐내는 멋진 군무를 보여 주지만, 군무가 끝나면 심청을 성희롱한다. 다행히 선장이 나타나 이 상황을 종식시키며 리더로서의 통솔력을 보여 준다. 멋진 선장님이 해결해 줬다고? 애초에 선원들이 청이를 추행하지 않았다면 없었을 문제다. 선원들은 멋진 뱃사람인가, 성추행범인가? 도망갈 곳 없는 배 위에서 한 무리의 남성들에게 겁탈당할 뻔한 심청의 상황은 여성 관객으로서 영 불편한 장면이다. 청이의 현실이 우리의 현실과 그리 다르지 않기 때문이다. 그땐 실제로 그랬다, 악습이지만 그게 없으면 작품 자체가 말이 안 된다, 묘사를 최소화하며 관객이 불편하지 않도록 배려했다, 여러 가지 해명은 가능하지만 보다 근본적인 수정이 필요하다.

고전 작품은 고전에 깔린 낡은 인권 감수성을 대면하고 바꾸어 나갈 때 비로소 살아 있게 된다. 최근 디즈니 영화를 떠올려 보자. 왕자를 기다리는 게 아니라 자기 삶을 주체적으로 살아가는 신데렐라나, 스스로 술탄이 되길 선택한 자스민 공주, 외세로부터 자기 왕국을 지켜 내려는 엘사와 안나까지, 모두 낡은 공주 이야기에 새로운 시대의 감성을 더하려 애썼다. 디즈니의 공주들처럼 발레의 고전들도 이렇게 변신할 수 있을까.

외모 지상주의 세계에서 살아남기

발레 무용수는 아름답다. 조막만 한 머리에 길쭉한 팔다리, 가늘고 탄탄한 근육들은 감탄을 자아낸다. 공연장 로비에 발레단 단원들이 모여 있으면 그들 머리 위로 조명이 비치는 듯하다. 하지만 이 아름다움엔 칼날이 돋아 있다. 다리를 얻은 대가로 칼로 에는 고통 속에 한 걸음 한 걸음 내딛는 인어 공주처럼, 이 아름다움은 고통을 담보로 얻은 것이다.

무용수는 춤을 잘 추는 사람이다. 그런데 춤만 잘 추면 좋은 무용수가 될 수 있을까? 안타깝게도 그렇지 않다. 발레에서는 신체 조건이 춤만큼이나 중요한 재능이기 때문이다. 게다가 이상적인 신체 조건은 믿을 수 없이 편협하다.

〈클래시컬 발레 테크닉〉(1989)이라는 교본의 도입부에 나온 '이상적인 여성 무용수의 몸'을 한번 읽어 보자.

- 작은 머리
- 158~172cm의 키
- 38.5~52kg의 몸무게
- 몸 전체의 비례에서 긴 목
- 작은 가슴
- 엉덩이 너비보다 넓으며 살짝 내려간 어깨
- 곧고 가는 허리
- 몸 전체와의 비례에서 너무 길지도, 너무 짧지도 않은 상체
- 좁은 골반
- 작은 엉덩이
- 긴 팔과 손
- 종아리와 비슷한 두께의 가는 허벅지
- 길고 곧으며 툭 튀어나온 곳 없는 다리, 살짝 과신전된 무릎
- 얇은 발목과 긴 발
- 튀어나온 발등과 길이가 비슷한 발가락

살면서 이런 몸을 타고난 사람을 몇이나 본 적 있는가? 그러니 발레 무용수들은 시작부터 신데렐라 언니의 신세를 면치 못한다. 유리 구두에 억지로 발을 구겨 넣듯, 좁디좁은 기준에 제 몸을 맞추며 수치심과 좌절감을 내면화한다. 열 살 조금 넘은 학생들이 다이어트 해야 한다는 말을 입에 달고 사는 게 현실이다.

그나마도 노력해서 얻을 수 있는 부분은 낫다. 몸무게는 줄일 수 있다. 하지만 아무리 굶어도 바꿀 수 없는 부분은 어찌해야 하나? 발레 전공생들은 어려서부터 소시장에 끌려온 소가 품평당하듯 남에게 자기 몸을 평가당하는 경험을 수없이 겪는다. 머리가 크다, 다리가 짧다, 종아리가 울퉁불퉁하다, 도끼 발이다, 허리가 길다는 말을 수없이 듣는다. 내가 뭔가 잘못한 건 아니지만 위축되고 주눅 든다. 작든 크든, 신체 콤플렉스가 없는 발레 무용수는 없다.

여성 무용수만 품평당하는 것이 아니다. 남성 무용수의 외모엔 이른바 '계급'이 있다. 몸의 카스트 제도라 할 수 있다. 기품 있는 왕자 역에 해당하는 '당쇠르 노블(danseur noble)'과 어릿광대처럼 뛰어난 기술로 작품에 생기를 불어

넣는 '데미-캐릭터(demi-character)' 역할이 뚜렷이 나눠져 있기 때문이다. 전통 있는 발레단일수록 당쇠르 노블과 데미-캐릭터를 뚜렷이 구분하여 뽑는다. 아무리 춤을 잘 추더라도 귀족적인 남성상에 부합하지 않으면 주인공을 맡기 어렵다. 신 스틸러 '납득이'에서 원톱 주연이 된 배우 조정석과 같은 성공담은 발레에선 드물다.

당쇠르 노블과 데미-캐릭터를 구분 짓는 요인 중 하나는 키다. 여성 파트너보다 15센티미터 이상 크지 않으면 남성적이지 못하다고 보는, 지극히 낡은 관념이 숱한 발레리노들을 좌절시켰다. 20세기 중반의 전설적인 발레리노인 미하일 바리시니코프가 대표적이다. 발레 학교 시절부터 키가 작아 고민했던 그는 딱딱한 나무 바닥에서 자면 키가 큰다는 말에 매일 바닥에서 잤다고 한다. 그가 러시아에서 서구로 망명한 데에는 정치적인 억압과 발레단의 경직된 레퍼토리 외에도 키가 작아 데미-캐릭터밖에 맡기 어렵다는 비관도 작용했다. 그러고 보니 내 주변에도 기량이 뛰어나지만 키가 작아 데미-캐릭터에 머물던 남자 무용수들이 여럿 있었다. 그들이 마주했을 유리벽은 수많은 발레리노들이 남긴 눈물로 얼룩졌을 것이다.

얼굴 역시 중요한 신체 조건이다. 한마디로 못생기면 성공하기 힘들다. 사람에게 대놓고 못생겼다고 한다고? 슬프지만 그렇다. 못생겼던 걸로 유명했던 발레리노로 쥘 페로를 빼놓을 수 없다. 너무나 춤을 잘 춘 나머지 '공기 인간'이라고 불렸던 무용수. 하지만 얼굴이 못생긴 그에게 스승은 '사람들이 네 얼굴을 볼 수 없도록 끊임없이 돌고 뛰라.'고 했다. 페로는 '못생겨서 죄송합니다.'라고 대답했을까? 당시 유명 비평가는 페로가 못생기고 상체도 우락부락하니 빼어난 하체만 감상하면 된다고 평했다. 찬사라고 한 말이다. 페로는 19세기 사람이다. 이젠 많이 달라졌냐고? 슬프지만 아니다.

내가 어렸을 때 함께 무용 학원에 다니던 친구 중에 유독 이상적인 신체 조건과는 거리가 먼 아이가 있었다. 춤을 정말 잘 추고 발레를 사랑했던 아이지만 선생님들마다 한숨을 쉬며 진심으로 걱정해 줬다. '너는 예고도 가기 힘들 것 같구나.' 그 애가 평생 겪던 좌절감을 누가 이해할 수 있을까? 페로의 시절이나 지금이나 그리 다르지 않다.

이쯤 되면 인정하자. 발레는 지독한 외모 지상주의 세계다. 예전보다는 덜하다고 항변해 봐도 오늘날의 잣대에선 한참 뒤떨어졌다. 우리는 다른 사람의 몸매, 피부색, 키, 장애 등에 대하여 함부로 평가하는 것이 무례하다고 여긴다. 하지만 발레에선 어째 기본적인 인권 감수성이 제대로 작동하질 않는다. 발레를 '보이는 몸의 예술'로 생각하기 때문이다. 아름다운 몸이 필수 조건이라고 본 탓에 수많은 이들이 담장 밖으로 밀려나고 수치심과 좌절감을 삼켜 왔다. 언제까지 외모 지상주의 세계에서 남몰래 눈물을 흘리며 각자도생해야 하는 걸까?

미카엘라 드프린스라는 발레리나가 있다. 시에라리온 전쟁 고아인 그녀는 상체에 퍼진 백반증 때문에 '악마의 자식'이라고 버림받았다가 미국으로 입양되었다. 발레 콩쿠르에 입상하면서 스타가 된 그녀의 이야기는 다큐멘터리 〈퍼스트 포지션〉으로도 큰 반향을 이끌어 냈다. 발레의 이상적인 몸의 규범에서 한참 벗어난 드프린스가 보란 듯 활약하는 모습은 그 자체로 쾌감을 준다. 개인이 너무 큰 짐을 짊어지는 게 안타깝고 소수의 성공이 전체를 바꾸는 것도 아니지만, 그래도 이런 예외들이 모여 고집스러운 편견을 조금씩 무너뜨리는 것도 사실이다.

발레가 서로 다른 몸을 그 자체로 품을 수 있는 장르가 될 수 있을까? 발레의 아름다움이 민주적일 수 있을까? 다리가 길어서 아름다운 게 아니라 각각의 몸이 만들어 내는 움직임이 아름답다고 여겨질 수 있을까? 발레를 전공한 사람으로서 내가 늘 고민하는 지점이다.

왕자가 발레라니, 풉!

미국 발레계가 발끈했다. CBS 방송사의 인기 아침 프로그램인 〈굿모닝 아메리카〉에서 라라 스펜서라는 여성 호스트가 영국의 조지 왕자가 발레 수업을 듣기로 했다는 소식을 전하는 태도 때문이었다. 왕자는 1~2학년이 으레 듣는 수학, 과학, 역사 외에 종교학과 컴퓨터 프로그래밍 그리고 발레를 선택했다고 했다. 문제는 왕자가 발레를 너무 좋아한다고 전하면서 호스트가 '발레라니, 풉!' 하는 태도로 "얼마나 가나 봅시다."라고 코멘트를 덧붙였다는 것이다. 아침 뉴스쇼가 그러하듯 호스트가 가벼운 톤으로 눙치고 방청객이 웃고 지나갔다. 이에 무용인들은 #BoysDanceToo,

#Boys4Ballet 등의 해시태그를 만들고, 반박 코멘트와 기사를 쏟아 냈다. 무용인들이 그토록 반발했던 건 춤에 대한 편견을 없애려는 오랜 노력들이 무신경한 말 한마디에 허사가 되었기 때문이다. 그녀의 태도엔 '발레는 남자가 진지하게 할 일이 아니다.'라는 편견이 고스란히 들어 있으며, 공중파 방송을 통해 무차별적으로 전파되었다.

왕자란 태어날 때부터 무슨 겉싸개를 둘렀냐에서부터, 몇백만 원짜리 유모차를 쓴다더라 등 일거수일투족이 관심을 끄는 존재다. 만 여섯 살짜리 어린이의 다음 학기 수업 시간표를 어른들이 뉴스거리로 소비하는 게 무슨 의미인가 싶지만, 다시 생각해 보면 왕자가 발레를 좋아한다는 것과 그의 부모(인 왕세자 부부)가 아들의 발레 수업을 지지한다는 건 엄청나게 고무적인 메시지가 될 수 있었다. 조지 왕자의 발레 수업이 한때의 취미에 머무른다 할지라도, 그건 발레하는 남성에 대한 사회적 편견을 줄이는 데 큰 힘이 되었을 게 분명하다. 그런데 편견을 깰 수 있던 기회가 되레 편견을 확인하고 강화하는 유머로 소비되어 버린 것이다. 여섯 살이 종교학이나 컴퓨터 프로그래밍을 듣는 건 정상인가? 역사나 과학은 필수고 발레는 아닌 이유는 뭔가? 소년이 발레를 선택하는 것에 대해 눈 찡그릴 이유는 무엇인가?

'춤은 남자가 진지하게 할 일이 아니다.'라는 편견은 힘이 세다. 특히 서양에서 그렇다. 춤추는 남성의 문제를 다룬 전공 서적만 해도 여러 권이다. 그중에서도 가장 압권은 〈Sorry, I don't Dance〉라는 연구서다. 누군가 춤을 청해올 때 거절하는 말, "미안합니다. 전 춤 안 춥니다." 여기에서 '저'는 이성애자, 비장애인, 중상류층, 백인인 남성이다. 춤은 여자를 비롯한 비주류나 추는 것이라는 편견이 팽배하다.

여러 춤 장르 중에서도 발레는 사회적 낙인이 심하다. 비보잉이 (돈은 못 벌지만) '남성적'이고 간지 나는 영역으로 조망되었다면 발레는 '여성적'인 영역으로 희화화되곤 한다. 세상의 모든 발레리노들은 '계집애 같다.', '게이냐.', '한심하다.'는 편견과 싸우며 자신을 긍정하고 버티느라 엄청난 에너지를 낭비하며 성장해 온 자들이다.

발레 하는 남성에 대한 편견을 허무는 데 가장 크게 공헌한 이는 '빌리 엘리어트'다. 소녀들에게 엘사가 있다면 소년들에겐 빌리가 있다. 엘사는 소녀들에게 파란 옷을 입히고 자기 인생을 가지라 했고, 빌리는 소년들에게 자기 내면

의 소리를 듣게 했다. 그게 발레였을 뿐. 영화의 마지막에 백조가 되어 날아오르는 빌리. 어른들은 인생에 대한 메타포로 받아들였지만, 많은 소년들이 스스로 백조가 되고자 발레 클래스에 등록했다. 〈빌리 엘리어트〉에 삽입된 매슈 본의 〈백조의 호수〉가 초연된 지 벌써 사반세기가 지났다. 〈빌리 엘리어트〉를 보고 꿈을 키워 온 소년들이 발레리노로 성장하여 이제 무대를 누비고 있다. 여기엔 뭔가 찡한 구석이 있다. 〈빌리 엘리어트〉에서 빌리의 아빠와 형은 발레가 남자답지 못한 거라고, 계집애나 하는 거라며 빌리를 구박하다가 결국 받아들이고 응원한다. 이 발레리노들도 비슷비슷한 사연을 감내하면서, 그래도 빌리를 꿈꾸며 발레리노로 성장했을 것이다.

스펜서의 발언에 발레계가 크게 반발하자 〈굿모닝 아메리카〉는 사과 방송과 함께 특집 영상을 내보냈다. 스펜서가 진지하고 명확하게 시청자에게 사과하고, 스타 발레리노 세 명과 대담하는 영상을 내보냈으며, 스튜디오 밖 42번가에선 남성 발레리노 300여 명이 모여 발레 클래스를 했다. 아스팔트 위 좁은 공간에도 굴하지 않고 플리에부터 그랑 제테까지 다 소화해 낸 모양이다.

편견에 맞서며, 혹은 편견 따윈 아랑곳하지 않고 살 수 있을까. 비장한 투사가 되지 않더라도 자기가 원하는 대로 흔들림 없이 살 수 있는 힘은 뭘까. 문득 로리 그리어라는 미식축구 선수가 떠오른다. 은퇴 후 대통령 경호원, 배우, 목사, 커리어 개발 강사 등 다양한 직업에 주저 없이 도전했던 그의 커리어 중 가장 애틋한 건, 1973년에 펴낸 남성을 위한 십자수 책이다. 그는 선수 시절 마음을 안정시키는 데 십자수가 도움이 된다는 걸 깨닫곤 즐겨 했으며, 십자수 하는 모습을 책 표지에 담아 출간했다. '여자처럼 십자수가 뭐냐?'라고 훈수 두는 사람이 주위에 없었겠느냐마는 개의치 않았을 테다. 이른바 테스토스테론의 상징인 우람한 미식축구 선수가 즐거이 수를 놓는 모습은 그 자체로 많은 남성들에게 영감이 된다. 이 책을 선물용으로 구매한 이들이 남긴 상품평엔 수많은 빌리 엘리어트가 등장한다. 빌리들이 연대하며 세상을 바꾸어 나간다.

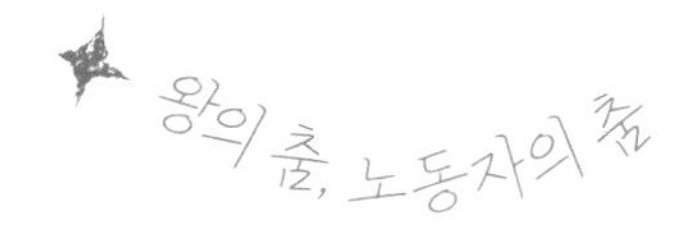

에드가르 드가의 조각 〈14살의 어린 무용수(La Petite Danseuse de Quatorze Ans, 1880)〉를 실제로 보았을 때 한참이나 그 앞을 떠나지 못했다. 밀랍으로 만든 조각에 실제 무용복을 입히고 총총 땋은 머리에 리본까지 두른 이 작품은 전시장의 발판 위에 진짜 무용수가 서 있는 듯 보였다. 어린 무용수는 지금까지 내가 보아 온 발레리나의 이미지와 달랐다. 우아한 튀튀를 입고 멋진 포즈를 취한 여성 대신 평범한 소녀가 팔을 뒤로 모은 채 오른발을 부쩍 내밀고 서 있다. 어깨는 말려 있고 목은 앞으로 빠져나왔다. 덜 펴진 무릎이 튀어나왔고 한쪽 다리에 무게를 싣고 선 자세가 비대칭이다. 여러모로 발레리나의 이상적인 자세와는 거리가 멀다. 하지만 무방비 상태로 포착된 소녀의 감은 듯 뜬 눈이 꿈을 꾸는 듯 보였고, 외부의 소음에 흔들리지 않으려는 듯 고요했다. 나는 어떤 발레리나보다도 이 소녀의 소박함을 사랑했고, 내 마음이 불안할 때면 무심한 그녀의 모습에서 왠지 모를 위안을 얻었다.

소녀의 실제 모델에 대해 알게 된 건 한참 후이다. 마리 반 고뎀(Marie van Goethem). 벨기에 출신의 가난한 무용수로 파리 오페라 발레단의 코르 드 발레였다고 한다. 당시 코르 드 발레를 '작은 쥐들'이라고 불렀는데, 찢어지게 가난한 집 출신의 어린 소녀들이 몰려다녔기에 정말이지 쥐 정도의 존재로 무시당했다. 괴팍한 드가가 오랜 시간 어려운 자세를 잡고 있으라고 요구하는 바람에 고생했던 고뎀은 어느 날 리허설에 늦는 바람에 해고되었다고 한다. 열네 살 소녀는 어디로 갔을까. 세탁부였던 엄마를 따라 세탁부가 되었을까.

19세기 말 발레는 '예쁜 여성을 구경하는 것'으로 전락했다. 모름지기 정숙한 중산층 여성은 가정에 충실해야 한다고 믿던 시대에 사회에서 일하는 여성은 가난한 노동 계층이었다. 발레리나 역시 그러했다. 매일 노동을 하는데도 월급으로 생계가 해결되기는커녕 의상비도 빠듯했다고 한다. 발레리나들은 남성 후원자에 의존해야 하는 상황으로 떠밀렸다. 사회 경제적 기득권을 누리던 남성들이 무대 옆을 드나들며 맘에 드는 발레리나를 골라 숙소를 제공하고 경제적 도움을 주며 때론 캐스팅까지도 좌지우지하며 '후원'했다. 일부 발레리나들은 스타로 떠올랐지만, 가난에 허덕이던 또 다른 발레리나들은 성 노동자로 전락했다. 세탁부나 청소 노동자인 엄마들이 나서서 딸을 남성 후원자와 연결해 주기도 했다. 그래야 식구들이 먹고살 수 있으니까. 가난이 대물림되던 시대에, 발레리나의 몸은 살림 밑천이었다.

발레 전공자들은 루이 14세를 사랑한다. 루이 14세 시절엔 왕이 발레를 사랑하고 직접 췄다고 힘주어 말한다. 서유럽에서, 그것도 프랑스에서, 절대 권력을 지닌 루이 14세가 발레를 사랑하여 매일 몇 시간씩 연습하고 직접 주인공을 맡았다고 한다. 그 바람에 권력을 얻고자 하는 남성 귀족들이 오직 왕에게 다가가기 위해 발레 연습에 매진하고 함께 공연했다. 루이 14세가 없었더라면 어쨌을까 싶을 정도다.

발레는 여자들이나 하는 시시한 것이라는 편견을 무너뜨리는 데 이만한 사례가 없기 때문이다(한편 한국 무용에선 정재를 사랑하고 직접 만들기도 했던 효명 세자가 바로 전공자의 설움을 풀어 주는 인물이다). '루이 14세의 궁정 발레'는 드높았던 발레의 사회적 위상을 떠올리게 하는 기특한 역사이다.

이와는 대조적으로, 발레 전공자들이 말하지 않는, 심지어 잘 모르는 역사가 고뎀의 이야기 속에 있다. 발레리나가 가난한 노동자, 나아가 성 노동자였던 시절도 있었다는 점이다. 발레리나를 성 노동자 혹은 '창녀'라고 하다니 과격하다고, 모욕적이라고, 혹은 셀프-디스 한다고 비난받을지도 모르겠다. 하지만 비난은 발레리나가 성 노동자였음을 지적하는 것이 아니라 그런 성 착취가 만연할 수밖에 없던 사회적 구조를 만들고 유지한 이들에게 향해야 할 것이다. 저임금 노동이 뿌리 깊고 노동만으로는 먹고살 수 없는 시대, 여성의 몸을 상품처럼 품평하고 고르고 버릴 수 있는 시대에 고뎀에게 주어진 선택지는 많지 않았으리라. 고뎀의 언니도 성 노동자였다.

기득권의 언어

춤을 언어에 비유하자면, 발레는 영어다. 서양 문명에서 기원하여 발전했다는 점 외에도 세계적인 위상과 영향력을 가진다는 점에서 그러하다. 기득권의 언어는 어디에나 편재하고 자연스러워 보이는 법이다. 어디서나 '국제 공용어'로 통용되고, 누구나 알아보고, 모든 현상의 기준이 되기 십상이다. 발레도 그렇다. 춤엔 다양한 장르가 있지만 발레처럼 인지도가 높고 쉽게 접할 수 있는 장르는 드물다. 전공자의 발레뿐 아니라 유아 발레와 취미 발레의 시장이 부쩍 커지면서 발레와 나머지 춤 사이의 간극이 커졌다. 발레 패권이라 할 만하다.

영어가 그러하듯, 발레는 쓸모가 많다. 타 장르에 비해 일자리도 많고 사회적 인지도도 높다. 발레 전공자로서 솔직히 편한 점이 있다. '몸에 익힌 기술이 최고'라는 입장에서 볼 때 어디 가든 굶어 죽진 않겠다는 안도감 말이다. 그 어디가 꼭 우리나라일 필요도 없다. 미국이든, 브라질이든, 말레이시아든, '발레를 가르칠 자리 하나는 있겠지.'라는 꿍꿍이다. 미용 기술자나 제빵사의 마음이랄까.

발레의 위력은 뜬금없는 곳에서 감지되곤 한다. 멀리 아프리카로 가 보자. 기니 공화국에는 국립 무용단이 있는데 정식 명칭이 'Les Ballets Africains de la République de Guinée'이다. 자세히 보면 '아프리카 발레단'을 뜻한다. 발레단인가? 아니다. 그들의 춤은 발레와 아무런 상관이 없는 토착 춤이다. 난 무용 전공 서적에서 이 무용단에 대한 이야기가 나올 때마다 궁금했다. '왜 전혀 닮지 않은 춤에 발레라는 용어를 붙였지?' 그러다가 국제 학회에서 이 무용단에 대한 발표를 보았고 질의 응답 시간에 드디어 해답을 듣게 되었다. 토착 춤에 발레의 움직임을 도입한 게 아니라 프로시니엄 무대에서 공연되는 서양 발레의 형식성을 도입했다는 것, 나아가 비서구 국가에서 '서양 춤'이 지닌 우월한

지위를 차용했다는 것이다.

그 말을 들으니 갑자기 퍼즐 조각 몇 개가 머릿속에서 맞춰졌다. 우리나라의 국립 무용단도 초기에 전막 발레의 형식을 차용하여 전통 춤을 극장용 무용극 형식으로 만들어 내기 시작했다는 게 생각났다. 전통 춤에 주인공이 어딨으며, 줄거리나 막이 어딨는가. 남녀 주인공, 여러 막으로 된 줄거리 전개, 줄거리와 상관없는 볼거리로서의 디베르티스망까지, 국립 무용단의 무용극은 발레를 빼닮았었다. 그러고 보니 우리나라에 발레가 도입되었다는 것보다도 전통 춤이 발레의 틀과 원리를 받아들였다는 게 더 의미심장해 보인다. 패권은 힘이 아닌 동의를 통해 얻어지며, 드러나지 않는 방식으로 작동하는 법이니까.

일반인이 무용을 떠올릴 때 으레 발레를 꼽는 것도 발레의 기득권이다. yes24와 인터파크의 공연 티켓 예매 사이트에 가 보자. 조금 힘들게 찾다 보면 '발레/무용'으로 병기된 탭을 찾을 수 있다. 발레는 무용에 속하는 여러 장르 중 하나이니 이 표기는 논리적으로 오류다. 마치 '사과/과일'로 표기한 것과 마찬가지랄까. 하지만 다시 생각해 보면 부분 집합 '발레⊆무용'의 의미인지도 모르겠다. 발레는 무용에 속하는 장르('발레⊂무용')지만 무용 전체가 발레로 소급될 수도 있는('발레=무용') 관계 말이다. 발레와 나머지 춤 장르의 티켓 파워를 비교해 볼 때 그렇다는 뜻일까.

티켓 파워로 치자면 어차피 의미 없는 고민이다. 예매 사이트의 홈페이지 대문 화면엔 발레고 무용이고 뜨지 않으니까(멜론 티켓엔 아예 숨겨진 탭도 없다).

이렇게 보면 발레는 비주류 중의 주류, 주변 속의 중심이다. 춤이 사회적으로 소외된 것에 대한 허탈함과 기운 빠짐에 몰입하다 보면, 이 동네에선 그래도 발레가 기득권임을 잊어버릴 때가 많다. 발레 전공자가 모이면 얼마나 먹고살기 힘든지 한탄하곤 한다. 흔히 각 분야의 최고에 오른 이들이 받는 대우를 비교해 보면 특정 분야의 가능성을 파악할 수 있다고 한다. 4대 보험 되는 발레단의 주역 무용수 연봉이 같은 연차의 대기업 사원에 미치지 못하는 걸 생각해 보면 발레란 꽤나 영세한 분야라 할 수 있다.

하지만 발레 무용수는 춤이라는 세계에서 주류 언어를 구사하는 자들이다. 주류 언어를 구사하는 자는 그렇지 않은 자에게 무례하고 무신경해지기 쉽다. 비영어권 국가에 가면서 현지인이 영어를 할 줄 아는 걸 당연히 여기는 미국인 여행자처럼, 발레 무용수들은 어떤 무용수든 발레에 대해 잘 알 거라 기대하는 경향이 있다. 발레를 모르는 건 무식하다 여기고, 정작 자기가 스트릿 댄스나 바라타나티얌, 스윙 댄스나 궁중 정재를 모르는 건 당연하게 여긴다. 발레를 '필수 교양'으로, 여타의 춤들은 '선택 교양'쯤으로 여기는 것이다. 움직임 용어와 동작 체계, 아름다움에 대한 이상과 테크닉의 원리 등 발레의 세계관을 기준으로 삼다 보면 다른 춤에 대해 낯설고, 지루하고, 그로테스크하다고 여기기 일쑤다. 일전에 미국의 유명 무용 비평가가 한국 춤을 처음 보고 '뭘 봐야 할지 모르겠다.'고 당혹해했다는 일화가 있다. 발레의 언어만 구사하다 보면 시야가 좁아진다.

발레단을 나와 대학원에 들어간 이후로, 난 어쩌면 발레에서 멀어지기 위해 애썼다. '발레밖에 몰랐다.'가 자랑이기도 하지만 부끄럽기도 했다. 새로운 분야를 기웃거리고 다양한 어휘를 습득해서 발레를 낯설게 보고 싶었다. 그래도 내 몸에 밴 주류 언어의 굴레를 벗어나기란 여전히 힘들다. 그저 내가 익숙하게 구사하는 언어가 지닌 힘과 한계를 의식하고 조심스레 사용하려 노력할 뿐이다. 이게 (어설프기 짝이 없는 주류임에도) 주류에 속한 자가 취해야 하는 최소한의 예절일 것이다.

잭슨이 남긴 것

딸이 피겨 스케이팅을 배우게 되어 사 준 피겨화는 '잭슨'이라는 브랜드였다. 초급자용으로 가장 무난한 브랜드라 하여 선택했는데 알고 보니 피겨 스케이팅을 오늘날의 모습으로 변화시킨 발레 무용수의 이름에서 따왔다고 한다. 잭슨 하인스(Jackson Haines, 1840-1879). 잭슨 이전의 피겨 스케이팅이 '피겨(figure)', 그야말로 얼음판 위에 복잡한 '도형'을 정확하게 그리는 경기였다면, 잭슨이 피겨화를 신고 왈츠 음악에 맞춰 춤춘 이후로 보다 표현적인 '인터내셔널 스타일'이 유행했다. 잭슨의 춤이 발전을 거듭하여 김연아에 도달했다니, 의미 있는 전환점이라 할 수 있겠다. 하나

잭슨은 일찍 죽었고, 그의 사진 한 장 남아 있지 않다. '피겨 스케이팅의 아버지'로 추앙하기엔 미스터리한 인물이다.

난 잭슨의 이야기가 너무 좋아 종종 영화의 한 장면처럼 떠올려 보곤 한다. 차가운 얼음판 위에 경직된 선수들이 모여 있다. 한 명씩 조심조심 도형을 그리고 나면 심사 위원들이 인상 쓰면서 얼음판을 들여다보며 꼼꼼하게 각도와 길이를 잰다. 경직되고 긴장된 시간. 그때 어디선가 들려오는 왈츠 멜로디와 사각사각 얼음이 갈리는 소리. 눈을 들어 보니 한 남자 무용수가 매끄럽게 활강하듯 다가온다. 왈츠 스텝으로 빙글빙글 회전하며 가볍게 점프했다가 다리를 들며 춤추는 몸의 아름다움과 경쾌함.

"피겨 스케이팅을 저렇게 하다니!"

"저건 규정에 없는 방식이잖아."

"원칙에서 벗어났으니 탈락입니다! 어서 퇴장하세요!"

선수들의 아우성과 심사 위원의 찌푸림, 진행 요원의 부산함이 점차 사그라지고 어느덧 함께 리듬을 타며 잭슨의 춤에 합류하는 사람들(물론 한 어린애가 불쑥 나아가 춤추면 어른들이 쭈뼛쭈뼛 들어온다는 클리셰!). 정교하게 그렸던 도형 위로 시원하게 붓질이 겹치고 겹친다. 카메라 시점이 새의

시점으로 높이 올라가면 빙판엔 분자처럼 움직이는 사람과 그들이 그려 내는 자유분방한 궤적들로 한 편의 추상 표현 회화가 완성된다. 잭슨이 맞춰 추던 왈츠 음악으로는 쇼스타코비치풍이 어울릴까, 슈트라우스풍이 어울릴까. 죽어 있는 그림들이 살아난 것처럼, 도형에 숨을 불어넣은 발레 댄서! 기하학이 예술로 탈바꿈한 마법의 순간이다.

트리플 악셀이니 트리플 럿츠니, 기술적 요소를 꼼꼼히 분석하고 숫자로 치환하고 이를 메달의 서열로 환원하는 오늘날의 피겨 스케이팅에서 간과되기 쉽지만, 잭슨에서 김연아로 전승된 것은 춤추는 즐거움, 살아 있는 기쁨이 아닐까. 빙판 위에 남은 흔적을 애써 좇기보다 지금 춤추는 몸을 보게끔 한 것, 움직임을 명료하고 능숙하게 해낼 때 발생하는 아름다움과 우아함. 이것이야말로 무용수가 일깨워 줄 수 있는 지점이다.

스포츠엔 춤을 닮은 종목이 여럿 있다. 피겨 스케이팅을 비롯하여 리듬 체조나 수중 발레가 대표적이다. 이들 종목은 발레의 테크닉과 원리, 작품 레퍼토리와 음악, 의상이 스포츠에 덧입혀지면서 화려한 볼거리를 제공한다. 김연아가 〈지젤〉 음악에 맞춰 춤추고 손연재가 발레의 푸에테(fouetté)에서 따온 피봇턴(pivot turn)을 한다. 댄스 스포츠나 브레이크 댄스처럼 아예 춤이 스포츠 종목으로 변신한 경우도 있다.

하지만 무용수들은 겉으로 볼 땐 춤과 상관없는 종목에서도 춤을 찾아낸다. 나는 때때로 스포츠 중계 방송의 볼륨을 낮추고 감상한다. 해설 위원의 추임새와 쉴 새 없이 끼어드는 중계 자막을 무시하고, '1등', '세계 기록', '금메달'이라는 목표를 지우고, 오롯이 선수의 움직임에 집중해 본다. 그러면 지금 이 순간 온몸으로 살아 내는 인간이 보인다. 그의 움직임이 춤은 아니지만 춤이 주는 여러 가지 감각을 느낄 수 있다. 스포츠와 춤은 생각보다 가깝다.

TV에서 광주 세계 수영 선수권 대회의 다이빙 경기를 보았다. 선수들은 몸에 물을 적시고 경기장으로 걸어 나가 넓적한 다이빙보드에 오른 뒤, 몇 번 도움닫기 끝에 공중에서 이리저리 돌면서 물속으로 뛰어들었다. 5초도 안 될 짧은 루틴을 그들은 수천 번 반복했을 거다. 선수의 몸은 정확하게 좌우대칭을 이루었고, 발판을 밟는 위치와 힘이 절제되어 물방울 몇 개 튀지 않게 매끄럽게 입수했다. 반복을 통해 정교하게 조율된 움직임은 조금의 낭비나 흐트러짐 없이 수행되었다. 그들은 수많은 생각을 하는 동시에 아무 생각 없이 움직였을 것이다. 몸이 기억하는 대로, 감각하는 대로, 반응하는 대로 자연스럽게 놔두었을 것이다.

결승전을 앞두고 뉴스에 우하람 선수의 인터뷰가 잠시 나왔는데, "다이빙은 1초의 예술"이라며 "춤과 같다."고 말했다. 신선했다. 운동 선수의 인터뷰는 대체로 '열심히 하겠습니다.'라는 요지에서 벗어나지 않으니 말이다. 김수지 선수는 (한국 최초로 국제 대회에서 동메달을 따낸 기록을 세우면서) "도약 과정에서 보드 반동과 박자가 맞을 때 오는 쾌감과 짜릿함이 좋아 이 종목을 계속하게 되었다."고 말했다. 나는 다이빙을 춤과 예술에 비유하는 그들에게 매료되었다. 맞아, 1등만 하려 들어선 절대 도달할 수 없는 우아함과 쾌감을 그들은 엿보았기에, 이전으론 돌아갈 수 없으리라는 생각이 들었다. 관람객들도 그 우아함을 엿보게 되면, 잭슨처럼 누군가 음악에 맞춰 우아하게 다이빙하는 걸 시작하면, 언젠간 다이빙의 모습이 변할지도 모른다. 그러면 사람들은 말하겠지. "옛날엔 다이빙이 그냥 물에 풍덩 뛰어들던 종목이었대. 너무 심심했겠다. 그렇지?”

글 정옥희

춤과 춤이 아닌 것, 무용수와 무용수가 아닌 이의 경계에 대해 탐구한다.
이화여자대학교 무용학과에서 학사와 석사 학위를, 미국 템플대학교에서
무용학 박사 학위를 받았다.
유니버설 발레단과 중국 광저우 시립 발레단의 정단원으로 활동했으며,
현재 성균관대학교 무용학과 초빙 교수로 강의하고 있다.
지은 책으로 『이 춤의 운명은』이, 공역서로 『발레 페다고지』 『미디어 시대의 춤』
등이 있고,〈월간 객석〉과 〈조선일보〉 '일사일언' 코너 등의 매체에 기고했다.

그림 강한

너와 내가 좋아하는 그림을 그리는 작가. 행복한 순간에 위트 있는 상상을 더해
따뜻한 느낌을 그려 낸다.
지은 책으로는 『더 포스터 북 by 강한』이 있으며 『난생처음 한번 들어 보는 클래식 수업』
1~4를 비롯해 『오늘의 짜증은 오늘 풀어요』 『아무도 나에게 물어보지 않았던 것들』
등에 그림을 그렸다. 그 외에도 에뛰드, 버츠비, sk 플래닛 등 기업과의 콜라보 작업을
지속해 오고 있다.

인스타그램 @_kang_han_